あなたのしたことは
結婚詐欺ですよ

Qティルブックス

Character

デュラン

ルベル帝国の第六皇子で白皙の美貌の持ち主。アメリアの上官で帝都保安隊の保安監を務める。三年前のある事件で左腕を失い、現在は筋電義手を装着。過去に打ち勝とうとする健気なアメリアに想いを募らせている。

アメリア・ウォーカー

サイユ王国の元公爵令嬢。冤罪によって第二王子のブリュノに婚約破棄され、国外追放を命じられた末、ルベル帝国へと逃れてきた。そこでデュランに雇われ、保安隊として生きていくことを決意。常に味方でいてくれるデュランに安心感を覚えている。

ブリュノ・フォン・サイユ

サイユ王国の第二王子。アメリアと婚約していたにもかかわらず、冷たい態度をとり、リリアンに入れ込むように。王国で起きたある事件の犯人をアメリアと信じて疑わず、国外追放へと追い込む。

リリアン・フォン・サイユ

ブリュノの現在の妻。植物学者である父の功績が認められ、宮廷入りし、ブリュノと出会う。王国で起きた連続爆破テロ事件にかかわりがあるようで……？

アラン・フォン・ポンサール

サイユ王国で宮廷の護衛として働くアメリアの兄。誠実で妹想い。国外追放されたアメリアを、友人のデュランがいる帝国へと送り出す。

ペーター

保安隊の一人で、アメリアの先輩。32歳とは思えない童顔で少年のような見た目をしている。謎多き人物だが、いつもデュランとアメリアを見守っている。

Contents

プロローグ　嘘で取り繕っても見破りますよ

わたしは今から、容疑者の家に突入する。

この瞬間は、否応なしに体が強張ってしまう。緊張を体から追い出すために、深く息をはいた。

わたしは帝都保安隊、アメリア・ウォーカー。十九歳だけど、身長は一四七センチメートルと小柄だ。体の小ささは、自分ではどうにもできないので、コンプレックスである。でも、そう感じた時は、いつも外見を整えるようにしていた。

下品と言われたことのある大きな胸は、深紅の制服にしまい込む。膝まであるロングコートの制服は、腰ベルトをきっちり締めると、背筋が伸びた。

染めて毛先がぱさついた長い髪は、ひたいを出してひっつめ、深紅の帽子の中にまとめて入れてしまう。シャープな印象に見える黒縁のダテ眼鏡をかければ、わたしの武装は完成。

わたしはダテ眼鏡を指で押し上げ、容疑者の家を見据えた。

帝都にあるタウンハウスだった。しおれた蔦(つた)の絡まる赤レンガ造りの豪邸。しかし、両隣の家と見比べると、落ちぶれた雰囲気がある。

鉄の門は錆びて艶がなく、邸宅の前庭には雑草が生えている。花壇にも鮮やかな色はない。花はしおれて、頭を下に向けていた。

それなのに、馬車は最新式で豪華な金装飾があった。

わたしはドアベルのボタンをにらみながら、背後にいる上官へ声をかける。

「閣下、門のベルを鳴らします」

「いつでも、どうぞ」

すぐに返事があった。

振り返ると、閣下は余裕の笑みを口元に浮かべていた。吊り上がった閣下の口の端を見たら、肩の力が抜ける。いつの間にか、体に余計な力が入っていたようだ。

こんな時だからこそ、極上の笑みを。

閣下の真似をして口角を上げ、わたしは門のベルを鳴らした。


ジリリと低音が響く。しばらくすると、タキシード姿の男性が屋敷の扉を開いた。マーカス伯爵家の執事だ。

執事はわたしたちの姿を見るや否や、転がるように門まで走ってくる。息を乱した白髪の執事に、わたしは名乗った。

「帝都保安隊、ウォーカー三等保安士です」

「ほ……！　ほあんたいで、ございますかっ」

「ドロシー・マーシャル嬢の弁明人として参りました」

執事は顔を青ざめさせ、震える手で門の鍵を開く。制服の胸元に縫いつけてある白い鷲を見て絶句していた。

帝都保安隊。またの名を皇后の目、レッド・イーグル。爵位を持つ貴族専門の取り締まり部隊である。

「ご子息に結婚詐欺の疑いがあります。失礼いたします」

「……坊ちゃんが詐欺!?　お、お待ちください！　だ、旦那様をお呼びいたしますので……！」

門を開いたまま、執事は転がるように走り出す。執事の背中を追いかけ、わたしも走る。だが、わたしの横を白い疾風のように駆け抜けた人物がいた。

わたしの上官、デュラン閣下だ。

閣下は銀色の髪をなびかせ、紅い瞳を爛々と輝かせていた。口元は吊り上がっていて愉しげだ。閣下の肌はわたしよりも白いから、吸血鬼が獲物に飛びかかっているように見える。

何よりも、閣下の足は速すぎた。わたしを置いて突っ走っている。

「閣下、逮捕してくださいね！　出会いがしらに、殴ってはいけませんよ！」

このまま閣下を放置したら、容疑者を秒殺するだろう。

閣下は敵に対して容赦なく、慈悲はゴミ箱に捨てるような人である。そのうえ、めっぽう強く、三年前に起きた連続爆破事件も、難なく鎮圧したそうだ。

わたしは閣下に拾われ、一年間、保安隊としてやってきたから分かる。

——このままでは危険だ。

「閣下！　容疑者をボッコボコにしたら、病院へ連れていかなくてはいけません！　彼らに医療費をかけるのは、税金の無駄遣いですよー!!」

声高に叫んでみたが、閣下の後ろ姿は豆粒に見えるほど遠い。わたしは苦笑いする二名の保安隊と共に全力疾走した。


玄関ホールを抜け、赤い絨毯が敷かれた大階段を上り切る。息を切らし、左右に分かれた突き当りの廊下を確認すると、男性の怒鳴り声が聞こえてきた。

「なんだ貴様は、先触れもなく無礼だぞ！」

右を向くと、部屋の扉が開きっぱなしだ。部屋に入ると、暖炉の火が灯る応接間だった。閣下の他に、四名の姿が見える。

閣下に向かって声を荒らげているのは、容疑者のデイビット・マーカス伯爵令息。年齢は十八歳。

ダークブロンドの長い髪をひとつに束ね、流れるように肩にかけている。流行りのジャケットを着こなす姿は、まさに貴族令息といった印象。顔立ちは整っていてモテそうだ。

「デイビット、やめなさい……」

「しかし、父上」

デイビット卿に声をかけたのは、立派なあご髭の男性。ビロード生地のスーツを着こなし、豪華な蔦模様の刺繍がされたベストを身に着けている。この人は、マーカス伯爵だ。

マーカス伯爵は閣下の顔をちらちら見ながら「え？　本物？」と、言いたげな顔をしている。伯爵の気持ちは分かる。閣下は苗字を持たない、れっきとした皇族なのだ。

第六皇子、デュラン。末皇子という立場上、閣下の顔は容疑者になって初めて知る者も多い。マーカス伯爵にしてみれば、神話にしか出てこないドラゴンが「こんにちは」と、来たようなものである。目が泳ぎますね。

逃げ腰の伯爵の背後には、伯爵夫人がいる。頭に派手なダチョウの羽飾りを付けているが、今にも倒れそうなほど青ざめていて、使用人が夫人に寄り添っていた。

デイビット卿と保安隊を交互に見て、小刻みに震えている若い女性もいる。

ふわふわの巻き毛に幼く見える顔。小動物を思わせる彼女は、デイビット卿の新しい恋人、シャロン嬢だろう。年齢は十七歳。デイビット卿のひとつ年下だ。

シャロン嬢は子爵家の庶子で、五年前に養女となった。彼女とデイビット卿は学園で出会い、恋心を燃やしたそうだ。デイビット卿に婚約者がいなければ、ほほ笑ましい話である。

応接間のテーブルには食べかけのプディングがあった。白いテーブルクロスが敷かれ、四人分のティーセットが用意されてある。

恐らく伯爵家は、シャロン嬢を息子の恋人として認め、歓迎している。保安隊の突入は四人にとって、全く予期しない出来事だったのだろう。

だからこそ、容疑者の一斉確保が叶う。

「デイビットが詐欺をしていたなど信じられないのですが……」

マーカス伯爵がデイビット卿を諌めながら、閣下に話しかける。閣下はうっとりと紅い瞳を細くして、冷笑した。

「そうなの？　君は頭が悪いのかな？」

マーカス伯爵は苦虫を噛み潰したような顔になり、デイビット卿の顔はみるみるうちに怒りで染まっていく。

一触即発の雰囲気だ。これは、まずい。話が進みそうにない。

「納得できるよう、ご説明いたしますわ」

わたしは閣下と伯爵の間に割り込んだ。

ダテ眼鏡を指で押し上げ、伯爵を見上げて笑みを浮かべる。

不意に割り込んできたわたしに場がシンと静まり返った。

――なんだ、このちっさい女は。

そう言いたげな顔をされるのは、よくあることだ。特に気にせず、わたしは顔にほほ笑みを貼りつけた。

使用人たちがテーブルの上を片付ける中、窓辺にあるソファに伯爵とデイビット卿だけが座る。伯爵は顔をしかめて腕組みをし、デイビット卿はふんぞり返っていた。

「それで？　私がいったい、なんの罪を犯したと言うのかね？」

わたしはあくまでもにこやかに話しだした。

「デイビット卿はドロシー・マーシャル嬢に対して、婚約解消を申し入れましたね」

「ああ、そうだが」

「解消の理由は、ドロシー嬢の性格に懸念があるから、とのことですが」

「そうだ！　だが、なんの問題がある？　ドロシー……いや、あの女は学園で、シャロンを苛め抜いたんだ！」

「婚約解消に至ったのは、ドロシー嬢がシャロン嬢を階段から突き飛ばして、ケガをさせたからで間違いありませんか？」

デイビット卿の顔が真っ赤になる。胸ぐらを掴まれそうなほど、身を乗り出してきた。

「その通りだ！　生徒に乱暴する女と結婚などできるか！　あの女の性格の悪さはシャロンから全部、聞いている！　帝都保安隊事務局に告発文も提出したぞ」

高圧的な態度に出られたが、臆することはない。やましいことをした貴族ほど、よく攻撃的になる。

わたしは彼を論破するために、状況を頭で整理した。

彼の主張は、婚約者が性悪だと気づいて、婚約解消した、というものだ。深く傷ついたらしく、婚約者の家に法外な額の慰謝料まで請求している。

「シャロンには申し訳ないことをした……彼女も私も被害者だ……」

デイビット卿の言葉に、伯爵も大きくうなずいた。

婚約解消は家族の総意ということだろう。それが分かったところで、わたしは事実を伝えた。

「お話は分かりました。しかし、保安隊の調査の結果、デイビット卿が提出された告発文は、証拠としては不十分です」

「……は？　どういうことだ？」

「シャロン嬢の証言には、嘘があります」

デイビット卿は美貌を歪めて、立ち上がった。彼にとっては受け入れがたい事実だったらしい。

わたしは調査内容が書かれた資料を鞄から取り出し、さっと目を通した。

マーカス伯爵家は経済的に困窮していた。豪邸を維持するだけの資金がなく、資産家の娘、つまりドロシー嬢の家と縁を結んだのだ。それが二年前。

婚約を機に資産家は伯爵家を援助し、学園を卒業後にふたりは結婚する予定だった。

しかし、ふたりが婚約して八ヶ月。学園にシャロン嬢が入学した時に、デイビット卿の様子がおかしくなった。

これは推察だが、元々、彼は親同士が決めた婚約に不満があったのだろう。デイビット卿のドロシー嬢とシャロン嬢への接し方には、明らかな差があった。

そして婚約関係を続けたまま、ドロシー嬢が階段からシャロン嬢を突き飛ばし、ケガを負わせる事件が起きた。両家の婚約は破談となったが、ドロシー嬢はシャロン嬢を突き飛ばしていないと言っている。

事件の現場は、三人が通う学園だ。一階から二階に上がる階段で起こった。

シャロン嬢は階段の手すりに掴まり「助けてー！」と泣いていた。

ドロシー嬢はその時、階段の踊り場にいた。シャロン嬢はドロシー嬢を指さし、「暴言をはかれて、突き飛ばされた！」と、訴えたのである。

数名の生徒がふたりの様子を見ていた。

「目撃者はたくさんいた！　シャロンは嘘をついていない！」

「いえ、前から突き落とされたのなら、シャロン嬢は背中から落ちるはずです」

「――は？」

「後ろから突き飛ばされたのなら、頭を打つほどの大ケガをします。シャロン嬢のカルテを見た医師の見解は、階段を下りる時に足を滑らせたのでは？　ということでした」

デイビット卿がシャロン嬢に尋ねる。

「確かに、あの女に突き飛ばされたんだよな？」

「あ、あのっ……」

シャロン嬢はオドオドしながら小声を出した。

「ドロシー様に挨拶したら、にらみつけられました……それで、怖くなって……急いで階段を下りて……その」

「つまり突き飛ばされた、という事実はなかったと」

「意地悪されたのは、本当です！　デイビット様、信じてくださいっ」

シャロン嬢は涙目になって、声を張り上げた。顔を手で覆い、その場にしゃがみ込んでしまう。デイビット卿は戸惑って目を泳がせた。

わたしは短く息をはき、デイビット卿に説明をする。

「シャロン嬢が階段から落ちる前、ドロシー嬢と会話をしたのは確かです。ドロシー嬢も認めております。ですが、状況は全く逆です」

「……逆だと？」

「シャロン嬢の方からドロシー嬢に難癖を付けたのです」

「は？」

「学園の清掃員が見ておりました。シャロン嬢がドロシー嬢に絡んでいたところを」

「嘘っ！　あの時、誰もいなかったわ！」

シャロン嬢が顔を上げ、立ち上がって叫ぶ。

泣いていたのではないのか。

心が醒めるが、彼女が事件を起こした動機が推察できた。

シャロン嬢は嘘をついても、バレないと思っていた。それは、シャロン嬢が清掃員の存在を気にかけていなかったからだ。

学園には清掃員、庭師、警備員など、教師以外の人が出入りする。シャロン嬢が存在を無視していても、ドロシー嬢は彼らを気にかけて、挨拶をしていた。

彼らもドロシー嬢の顔を覚えていて、礼儀正しい生徒と好印象だった。

現場を目撃した清掃員は、勇気を出して、わたしに事情を説明してくれたのだった。

それはドロシー嬢の日頃の行いがよかったおかげだ。だからわたしは、堂々と言える。

「清掃員はあなたがたふたりを上から見ていたのですよ」

「う、え……？」

「清掃員は二階の階段の手すりを磨いていました。シャロン嬢は階段を下り、ドロシー嬢は階段を上がったところを目撃しております」

「えっ……」

「彼女はシャロン嬢がひとりで、足を滑らせるところを見ています。滑って転んだ腹いせなのか、大声を出し、驚いて階段を下りてきたドロシー嬢を見て、突き飛ばされた！　と嘘を言った――ということころでしょうか」

シャロン嬢は蒼白し、黙ってしまう。彼女の唇は震えているが、演技ではなさそうだ。すぐに否定しないところを見ると、自分のやったことに対して心あたりがあり、観念したのかもしれない。

わたしは愕然とするデイビット卿に顔を向ける。わたしをとらえた彼の顔がしかめられた。

「デイビット・マーカス卿。あなたはシャロン嬢の妄言を鵜呑みにして、落ち度のないドロシー嬢に対して、一方的に婚約破棄をしたわけです」

「……それは……シャロンのことを信じていたわけで……」

「ドロシー嬢は突き飛ばしていないとあなたに言ったそうですが、聞いてもらえなかったと、言っています。ドロシー嬢の話をまったく聞かなかったのは、なぜですか?」

「それ、は……」

デイビット卿は無言になってしまった。答えられないのなら、わたしの推察を教えるまで。

「あなたはドロシー嬢と婚約中にもかかわらず、シャロン嬢と親密な仲だったようですね」

「……そんなことはっ」

「ないと言い切れますか?　あなたはシャロン嬢に私的な贈り物をされていますね。最先端のドレスに、宝石まで……」

「……それは、ドロシーがいらないと言ったからで……」

デイビット卿がゴニョゴニョと見苦しい言い訳を始めた。

まったく、そんな嘘が通用すると思ったのかしら?

「では、ドロシー嬢に贈るためのドレスを用意したが彼女に断られたのでしょうか」

「あ、ああっ……そうだ……そうだったんだ……っ」

「……それにしては、変ですね。ドレスを仕立てた店主の話では、ドロシー嬢は来店せず、シャロン嬢とあなたのみだったと」

「なっ……」

「ドレスの生地選びをするおふたりは腕を組み、それはそれは、仲睦まじい様子だったそうです。シャロン嬢が靴をねだったら、あなたは喜んで購入されたとか」

デイビット卿の表情が明らかに変わる。すべて知られていることに動揺しているのだろう。

デイビット卿は目を泳がせながら、つぶやくように言った。

「……友人のパーティーへシャロンと一緒に行くために……だな……」

その言葉には、さすがにイラッとした。

「まあ！　ご友人のお誘いの場に、婚約者ではなく、シャロン嬢を連れていくためですのね！」

「あっ……」

墓穴を掘ったデイビット卿が、呆然とする。イライラがおさまらない。

「さぞかし楽しいでしょうね！　婚約者の資産で、他の女性を飾り立てるのは！」

ついつい大声を出してしまい、我に返る。

——交渉中なのに、冷静さを欠いたっ！

気落ちしそうになると、ぶっと噴き出す声が背後からした。

「確かに。デイビット卿はとても楽しい時間をシャロン嬢と過ごしたんだろうね」

わたしの後ろに立っていた閣下が声を出した。閣下の声はどこかデイビット卿を馬鹿にしていた。

その直後、後ろから背中がぞくぞくするような冷気を感じた。

「楽しいからといって、何をしてもいいわけじゃない」

デイビット卿の視線が上を向く。閣下の顔を見て、瞳孔が開いていた。恐怖を感じているようだ。

「ウォーカー三等保安士、続きを」

閣下に役職を呼ばれて背筋が伸びた。

わたしは調査結果をデイビット卿と伯爵に渡す。意外にもふたりは素直に書類を受け取った。

「特にここ半年。シャロン嬢とデイビット卿の姿が多く目撃されています。人目をはばからずに腕を絡め合っていたとか、キスしていたとか」

証言してくれたのは、学園で働く人々だ。学園長は、眉をひそめて彼らを見ていた。

手紙を届けていた少年の話では、ドロシー嬢からデイビット卿宛に何通も便りが出ている。

一方、デイビット卿からは一通もない。

「調査の結果、デイビット卿は帝国法二百四十六条により、詐欺罪になります」

「はっ……な、なぜだ。私は詐欺などしておらん！」

「ドロシー嬢との婚約期間のうち半年は、婚約者としての義務を果たさず、誠意もなかった――と、陛下が認めました。ドロシー嬢と結婚する気もなく、援助金を騙し取ったと判断されたのです」

わたしはニッコリとほほ笑んだ。もちろん嫌味で。

「あなたのしたことは結婚詐欺ですよ」

デイビット卿は美貌を歪めた。

「そん、な……私は、騙されたんだ。シャロンが嘘をついているとは思わなかったんだ！」

「婚約者ではなく、他の女性を信じたからでしょう。いい勉強になりましたね」

「なっ……！」

「デイビット卿は爵位のある家の令息。それに、十二歳を超えておりますので矯正労働所行きです」

「はっ……？」

「矯正労働所は炭鉱です。ああ、事故が起こりやすく、細い坑道を這いつくばるように進んで掘れとは申し上げません。青天の下、むき出しの鉱山を掘り、国のエネルギー資源を取り出してください」

プライドが傷つけられたのか、デイビット卿が立ち上がる。

「この私に貧民どもと同じことをしろと言うのか⁉」

わたしは怒鳴るデイビット卿を見上げながら、冷たく言う。

「彼らと同じ立派な労働者になれます。一日一食は出ますし、雨風をしのげる宿舎もあります。ドロシー嬢への慰謝料が払い終わるまで働いてください」

炭鉱行きの罰則は、爵位を持つ家の学生に限ることだ。残念ながら、親の金にものを言わせて、学生のうちに好き放題するという令息や令嬢は一定数いる。

慰謝料を請求しても、親が払ってしまい彼らの懐は痛まない。ならば、社会勉強ということで、炭鉱での労働が課せられることになったのだ。刑期は慰謝料とプラスアルファのお金を返し終えるまで。

この罰則を考案したのは、皇后陛下だ。

「こちらは皇帝陛下からの封印状です」

私は用意してあった封筒を鞄から取り出し、デイビット卿に見せる。彼はひったくるようにわたしから封筒を奪い、中身を確認した。

封印状はいわば、皇帝陛下の印が押された逮捕状だ。本物の朱印を見て、デイビット卿は絶句したようだ。ふらりと後ろによろめき、ソファに腰を落とした。そして、声もなく逮捕状を見つめている。

「全て息子が勝手にやったことだ……！　息子とは縁を切る！　情状酌量していただきたい！」

今まで口を閉ざしていたマーカス伯爵が声を荒らげた。さすがにまずいと思ったのだろう。

父親の声に驚き、デイビット卿は悲壮感漂う顔になる。

「父上……何を……私を見捨てるのですか……！」

「えぇい、黙れ！　おまえのせいで、我が家から炭鉱行きを出してしまったのだぞ！　恥さらしが！」

マーカス伯爵がデイビット卿を叱り飛ばす。屈辱に歪んだマーカス伯爵の顔を見て、デイビット卿が放心した。息子に目もくれず伯爵は、切実そうに閣下を見上げる。目の前で繰り広げられた光景に、わたしの心はスンと冷えた。

——今さら、何を。

マーカス伯爵は、息子の浮気を見過ごしていた。資産家と縁が切れても、援助が見込めると計算したのだろう。シャロン嬢の家は夫人が投資していて、経済的に潤っていたのだ。

わたしを見ない伯爵に向かって、淡々と説明をする。

「ご令息と縁を切るなら戸籍管理局へお届けください」

「あぁ……そうさせてもらう！」

「しかし、縁を切っても、マーカス伯爵には、違反金七千万ベルクが請求されます」

「なっ……!?　ななな、七千万……!!」

「学生同士の婚約は保護者の同意がなければできません。今回はマーカス伯爵家の一方的な婚約破棄ですので、伯爵家には援助金の返還が求められます」

伯爵が口をポカーンと開けた。魂が天に昇っているようだ。

わたしは陛下から出された封印状を鞄から取り出し、伯爵に見せた。

「陛下からの封印状も出ています」

伯爵はちらりと封印状を見たが、受け取ろうとしない。仕方がないので、震えていた執事に手渡した。

「きゃあ！　奥様っ！」

「気付け薬を！」

伯爵夫人は気絶したようだ。ほっとこう。

わたしは改めてマーカス伯爵家の人々を見渡す。ぐうの音も出ないようで、黙っていた。あと、ひとりだ。

「失礼いたします」

わたしは鞄から封印状をもう一通取り出す。小刻みに震えるシャロン嬢に近づく。シャロン嬢がひっと声を上げ後ろに下がろうとしたので、わたしは立ち止まって説明をした。

「シャロン嬢は保安隊事務局へ」

「えっ……わ、わたくしも……ですか……？」

「当然です」

「な、なんでっ！　わたくしはただデイビット様と親しくしていただけで……ドレスだって、買ったのはデイビット様でっ」

シャロン嬢の瞳が潤みだす。演技なのか怯えなのか。理解に苦しむ行動をされるが、わたしは彼女に封印状を見せた。

「あなたは詐欺ほう助罪に問われております。ドロシー嬢に対して慰謝料を支払わなければなりませんし、支払えない場合、デイビット卿と同じく、矯正労働所行きになるでしょう」

「そ、そんな……」

「すべて帝国法六十二条に明記してあります。法の学びは、基礎学習だと思いますし、学園で習いましたでしょう？」

ガクガクと震えだしたシャロン嬢に事実を伝える。

「結婚を約束したふたりを破談させておいて、なぜ罪に問われないと思ったのですか？」

シャロン嬢は愕然とし、その場にへたり込んでしまった。その場は、水を打ったように静まり返る。反論はないようだ。あとは三人を拘束して保安隊事務局に引っ張ってゆけばよい。

肩の力が抜け、ほっと息をはく。

「くっ……はは、ははは、っ……」

不意に背後から不協和音のような笑い声が響いた。振り返ると、デイビット卿がわたしを見ていた。瞳孔が開き、頬を引きつらせながら、わたしを嗤(わら)っている。

「こんなの間違いだ……あり得ない……！」

デイビット卿はわたしに向かって指さした。

「人を散々、馬鹿にして！　そんなにコケにするのが楽しいのか！　保安隊？　はっ、どうせその顔と、いやらしい体で皇族を惑わし、保安隊となったのだろう！」

その言葉、怒鳴り声に、過去がフラッシュバックした。

プライドの高いデイビット卿は、保安隊の中でもっとも弱そうな相手を選んで、憂さ晴らしをしようとしただけだ。分かっている。彼の言葉は正しくない。間違いだ。分かっている。

――分かっているのに……のどがきゅうと締まった。

「黙りなよ」

白い疾風がデイビット卿に襲いかかる。閣下が左手を振り上げ、デイビット卿の口を塞いだ。そのまま力で押し切り、閣下は片手だけで、デイビット卿をソファに沈めてしまう。

「君の言葉を聞いていると、耳が腐る」

「んんんっ！　んー!!」

デイビット卿は苦しいのか、閣下の左手を引きはがそうともがいている。足をばたつかせたせいで、隣に座っていた伯爵がデイビット卿に蹴っ飛ばされた。

「ぐおっ！」

伯爵がソファから転がり落ち、呼吸を忘れていたわたしの意識が戻る。

「ぐっ……！　ぐっ……ぐ、ぐぐぐっ！」

デイビット卿は歯を立てて、皮の手袋で覆われた閣下の手を噛んでいる。でも、閣下は余裕の笑みを浮かべていた。

「噛んでも無駄だよ。俺の左手は鋼鉄に包まれた義手だ」

「んぐっ！」

「偉そうな態度をしているのは、君だ。君はたまたま爵位を持つ家に生まれて、たまたま貴族令息として過ごしているだけ。今の身分でいられるのは、君の力ではない。何を勘違いしているんだ？　十八歳だろう？　もう成人だ」

びくっとデイビット卿の体が震えて、瞳孔が開く。

「ウォーカー三等保安士は、国家試験を突破した優秀な人材だ。彼女の言葉は、皇帝陛下の言葉！　君の態度は公務執行妨害罪に問われるものだよ」

デイビット卿が震え上がると、伯爵が体を起こし頭を床にこすりつけて土下座をした。

「息子が大変申し訳ございません！　どうかご容赦くださいませ！」

「黙れ」

「え……」

閣下は伯爵を見ずに、冷たく言い放つ。

「親の謝罪など不要。俺は成人した彼に言っている」

一蹴されて、伯爵は絶句した。

閣下は極上の冷笑をデイビット卿におみまいする。

「これから君は、人生で最大の苦汁をなめることだろうね。今、嚙んでいる鉄の味は、その百分の一にも満たない苦痛の味だよ」

閣下はデイビット卿の顔を歪ませ、腕を振り抜く。デイビット卿の体をソファにねじ伏せた。

「よくよく鉄の味を嚙みしめながら考えることだな。君は被害者ではなく、加害者だッ！」

閣下がドスの利いた声を出し、デイビット卿は声もなく撃沈していた。

閣下は呆然と座ったままの伯爵に、剣呑（けんのん）な眼差しを送る。

「君たちに爵位を与えるのは、善良な民から際限なく金を吸い上げるためではない。皇室は貴族を監視しているよ」

そして振り返り、保安隊メンバーを見渡し、声をかける。

「連れて帰るよ」

「はっ」

強面の二名が閣下に敬礼し、デイビット卿と伯爵に怒鳴る。

「さっさと立たんかあ！」

「おら、こっちだっ！」

デイビット卿と伯爵を立たせて、引きずるように連れていく。わたしもシャロン嬢を立ち上がらせ、保安隊事務局に向かった。

――終わった。

保安隊事務局のデスクに戻ったわたしは、椅子に座り深く息をはき出した。まだ事後処理がある。シャロン嬢の養父母のもとに行き、彼女の刑罰についてを話さなくては。

他にも掛け持ちの案件はあるし、デスクの上にある書類の束は「待てないぞ」と、無言の圧力をかけてくる。やることは多い。それなのに、今は手が動かない。

「……強くなりたい」

目を閉じ、思わずつぶやく。もやもやした気持ちのままうなだれた。

容疑者は全員、逮捕できた。それは喜ばしいことなのに、デイビット卿に指をさされた時、わたしはとっさに言葉が出てこなかった。それが悔しい。

そして、閣下が圧倒的な力と言葉で、デイビット卿をねじ伏せた時は、胸の奥が高揚した。暴力も暴言も怖いのに、閣下がするとなぜか違って見える。

――閣下みたいになりたい。

何を言われても、動じない人になりたい。

強く憧れて、なれない自分に落ち込んでいるのだ。

「はぁ……」

深く息をはいて、ゆっくりと目を開く。すると、目の前にコーヒーのマグカップが置かれた。

びっくりして顔を上げると、白皙(はくせき)の美貌が目と鼻の先にあった。わたしは息を呑んで、その人
——閣下を見た。

閣下は美しい男性だ。

透き通るような銀の髪。前髪は真ん中で分けられていて、左側は無造作に毛先が跳ねている。

右側は後ろになでつけられ、ひたいが見えていた。

女性であるわたしも見惚れるほど、きめ細かで白い肌。完全なる左右対称で、非の打ち所が
ないほど整った顔立ち。

何よりも目を奪われるのが、紅い瞳だ。宝石の煌めきを閉じ込めたようで、いつまでも見て
いられる。閣下は身長もすらりと高く、誰よりも制服が似合う人だ。

「お疲れ様」

低くも、高くもない。落ち着いていて、年上の色香がにじみ出ているささやき声。

詐欺師をねじ伏せた人とは思えないほど、閣下の纏う空気が甘かった。

ぶわっと体温が一気に上がる。首から上が熱い。

「か、閣下！　お疲れ様です！」

わたしは慌てて立ち上がり、頬に集まった熱を逃がすように敬礼をする。

閣下はくすくす笑いながら、敬礼を返してくれた。左手で握ったマグカップを唇の近くまで持ち上げる。

「コーヒーを淹れたから、リアも飲みなよ」

愛称で呼ばれ、わたしは震えながらあたりを見渡す。

「大丈夫、俺たちしかいない」

閣下の言う通り、フロアにはふたりだけだ。ほっと息をはく。

「閣下……仕事場では愛称で呼ぶのをお控えください。誰かに見られたら……」

閣下がわたしを特別視していると思われる。そんな関係ではないのに、誤解されるのは嫌だ。

閣下の立場が悪くなる。

「誰にも見られていないよ。大丈夫」

「……そうですが」

「それよりもコーヒーを飲みなよ。冷めちゃうよ?」

閣下は隣のデスクに寄りかかりながら、マグカップを鼻に近づける。香りを楽しみながら、コーヒーを飲んだ。

わたしは嘆息して、マグカップを見つめる。せっかくだから、いただこうか。

両手を組んで食前の祈りを捧げ、マグカップを手に取る。

「いただきます」

ひとくち口に含むと、やわらかな甘みが舌を包んだ。苦さがちょうどいい。

「あ、美味しい……」

「でしょ？　いい豆を手に入れたんだよ」

「……閣下って、コーヒーが好きですよね？」

「まあね」

「水のように飲んでいますよね」

心地良いコーヒーの味に酔いしれながら言うと、閣下がふっと口の端を持ち上げた。

「話の通じない馬鹿が多いから、ストレスが溜まるんだよ」

「……確かに。貴族を取り締まっていると、どうしてこんなに傲慢なのだろうかと思います」

「そうだね。何をはき違えているのか」

閣下がマグカップを傾けて、コーヒーを飲み干す。

「今日はよく頑張っていたね。だから、それはご褒美」

マグカップを指さして、閣下がわたしを見る。褒められて、恥ずかしい。また頬が熱くなってきた。

「あ、ありがとうございます……」

閣下から目をそらし、マグカップを見て言った。

コーヒーを飲み干して、閣下を見上げる。

「閣下、マグカップは片付けておきます」

手を差し出して言うと、わたしが持っていたマグカップをするりと奪われた。

「俺が片付けるよ」

「……それは申し訳ないので、わたしがやります」

手を伸ばしたら、さらに上にマグカップを上げられた。

つま先立ちをしても、届かない。

「閣下、わたしがやりますって！」

「えー、やだ」

「やだって、……また妹扱いして、からかっているのですね？」

むっと顔をしかめる。

閣下は二十二歳。兄と同じ年だ。兄が留学した時、知り合いになったらしく、その縁でわたしは閣下と知り合った。だから、こうして目をかけてもらえているのだ。

「部下として扱ってくださいって何度も言っているじゃないですか」

「扱っているよ。少なくとも、妹としては見ていない」

「え？」

閣下は空のマグカップを持ったまま、顔をわたしに近づけてきた。

「優秀な部下で、女性として見ている」

腹に響く、艶やかな美声で言われ、思わず聞き惚れてしまった。

白皙の美貌がキスできそうな距離にある。

まずい。これは危険だ。

家族以外の異性に、ここまで近づかれたことはなかった。腰が引けそうになる。

いやもういっそ腰砕けになって、気絶した方がマシではないか。

今、わたしはどんな顔をしているのだろう。きっと、面白すぎる顔だ。

だってほら。閣下の笑顔は、新しい玩具を貰って喜ぶ子どもみたいだ。

「マグカップは片付けておくよ」

閣下はまなじりを柔らかく下げた。

「リアは頑張りすぎだから、息抜きをするんだよ」

そう言って、閣下はマグカップを片付けて、颯爽と部屋から出ていってしまった。

ぽつんと残されたわたしは、椅子に座った。

真顔のままデスクの引き出しから、あるものを取り出す。

黄緑色で皮膚に近い感触のそれは、ストレス発散人形。通称、ムニムニ君だ。

わたしは無言でにっこり顔のムニムニ君を、むにむにし続けた。

むにむに。むにむにむに。……むにむにむにににににににっ！

「ダメ！　心が落ち着かない!!」

思わず叫んで、デスクの上におでこを付ける。

ひんやりして、加熱した頭にはちょうどいい。

それにしても、閣下のあの態度はない。なんなんですか、あの甘さは。

「目が甘い！　声が甘い！　表情が溶けている！　閣下はチョコレートですか!!」

わたしは顔を上げて、ムニムニ君をむにむにする。

「だいたい閣下はイケメンすぎなんですよ。ご自身の顔面偏差値の高さ、分かっていますか？」

レベルではなく、けしからん色気を纏ったイケメンなんですよ。あら、すてき♡　レベルではなく、けしからん色気を纏ったイケメンなんですよ。


恨めしく思いながら、ムニムニ君の顔を伸ばす。

「それともイケメンだから、ご自身の振る舞いを自覚していないんですかね？　そうですか。そうでしょうね！　あんなに甘く見つめられたら女性はコロコロ転がるだけだと思いますがっムニムニ君も、そう思いませんか！」

ムニムニ君を揉んで、引っ張ると元通りになる。にっこり顔のムニムニ君を見て、嘆息した。

デスクに付けたまま顔を横に向ける。

肺を空っぽにする勢いで、息をはき出した。

「優しくしないでください……」

閣下の優しさは、わたしにとっては毒だ。甘い毒。頑なな心を溶かす誘惑に満ちている。

「……もう傷つきたくはないのです……」

ひとりを思って、心が離れてもしがみついて。その結果、手ひどく裏切られた。

あのような思いはしたくない。わたしは自立した人になりたいのだ。男性の顔色をうかがうことなく、仕事をして、生活して、ひとりでも暮らしていけるような人に。

それなのに、閣下と接していると、昔の気持ちを思い出しそうになる。

「かばってくれてありがとうございますって、言いたかったのにな……」

お礼を言いそびれてしまった。
閣下がデイビット卿に反論してくれて、とても嬉しかった。
――泣けるほど、嬉しかった。

第1章

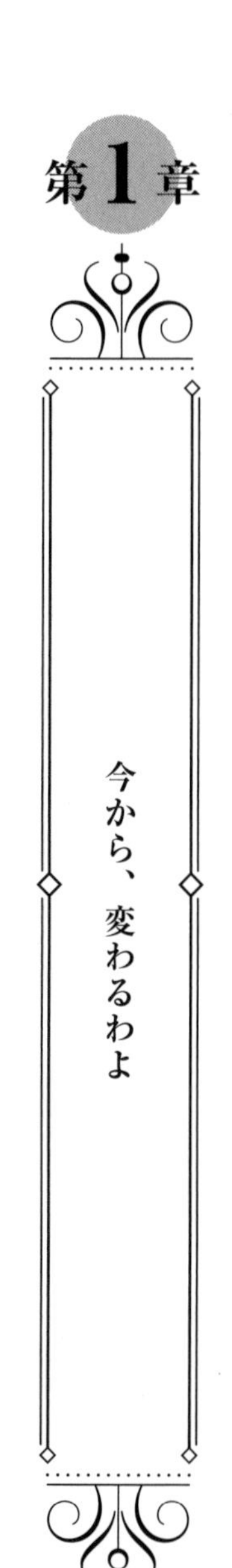

今から、変わるわよ

シャロン嬢の詐欺ほう助罪についての書類をまとめた後、わたしは彼女の家をひとりで訪れた。

シャロン嬢の家は帝都の外れにある邸宅だった。

白い塗り壁の美しい外観だ。二階建てで、出窓にはアイアンデザインの花台がある。窓周りを飾っているのは、薄桃色の小さな花たちだった。

古い建物を修繕しながら、丁寧に暮らしているようだった。豪邸を維持する資産もあるのだろう。シャロン嬢の家は経済的に豊かであると伺える。

わたしは鉄の門を開き、石造りのステップを上がる。

玄関には鋳鉄(ちゅうてつ)製のドアベルがあった。紐を引くと、振り子が外側の金属にぶつかり、カランコロンと低い音が響いた。

事前にわたしの訪問は知らせてあった。すぐにシャロン嬢の養父母が玄関の扉を開いた。

養父はスーツを着ていたが、お腹が出すぎていて中に着ている白いシャツのボタンがはち切れそうだ。

一方、養母は頬が痩せこけ、化粧けのない昏い顔をしていた。着ている服も修道女のような灰色のワンピースだ。

「帝都保安隊、ウォーカー三等保安士です」

わたしは制服の胸元にある白い鷲を見せる。養父はひたいに脂汗をかき、養母は無反応だ。

「保安隊事務局までご同行願います」

ふたりは無言で、わたしの後に付いてきた。

帝都の空は、霧に包まれたように薄暗い。

時計塔からはゴーン、ゴーンと鐘の音が鳴り響き、黒い羽を広げてカラスが飛んでいた。

路面には鉄製のレールが敷かれ、客車を引いた馬が駆け抜けていく。

雑踏の中を歩いていくと、宮殿にたどり着いた。

宮殿前の広場では、中央に豊かな水を出す機械じかけの噴水があり、ぐるりと囲うように露店が並んでいた。露店を横切り、右に歩いていくと、宮殿と渡り廊下で繋がった別棟の建物、保安隊事務局があった。

元公爵邸を改築して出来た保安隊事務局は、石造りの二階建てだ。地下室もあるが、何階まであるかは公にされていない。

わたしは入り口の壁にあるボタンを押した。ゼンマイがスチームを上げて動きだし、扉が開かれる。自動ドアをくぐると、受付カウンターが見えた。

わたしは体を反転させ、右手を差し出す。

「こちらへどうぞ」

神妙な顔をする養父母をシャロン嬢のもとに案内する。

カウンターを横切り、回転扉を押すと廊下に出た。

扉を出て右にはすぐ壁があり、左にしか行けない。突き当りには地下に続く階段があった。

壁に細長い疑似ランプが灯る階段を下りて地下室に向かう。廊下に出ると、両側に対面室がある。

廊下の先は二重扉で閉じられた拘置所だ。わたしは右側の対話室に養父母を案内した。

部屋の中には、鉄格子の仕切りがあった。釈放されたら出られるよう鉄の扉もあるが、容疑者の顔を見られても、触れ合うことは不可能。

柵の向こう側には保安隊に監視され、椅子に座ったシャロン嬢がいた。

「シャロン……」

「おとうさま、おとうさまぁ」

養父の顔を見たとたん、シャロン嬢はすすり泣いた。養父が柵まで近づき、痛ましそうにシャロン嬢を見つめる。養母は目を真っ赤にして、小刻みに震えていた。

「皆さま、お座りください」

わたしは養父母を椅子に座らせ、シャロン嬢の容疑について説明した。

ふたりとも信じられないようで、何度も確かめられたが、刑は確定した。覆るものではない。

養父は禿げ頭をなでながらうなり、養母は泣きながら夫をにらみつけた。

「そもそもあなたが、娼婦に入れ込んだりするからいけないのよ！」

養母が言っているのは、シャロン嬢の実母のことだろう。シャロン嬢は養父——子爵が娼婦に手を出して生まれた子どもだった。

子爵は背中を丸めながら、ぼそぼそとした声で答える。

「彼女が子どもを身ごもっていたとは知らなかったんだ……それに、おまえがシャロンを養女に迎えようと言ったんだろ……」

「屋敷の門にひとりで来て、どこにも行くあてがないと言われたら、追い返すわけにいかないでしょ！」

養母は悔しげにうつむいた。

「……やっぱり……母親になるのは、無理だったわね……」

養母はつぶやくように言い、スカートのポケットからハンカチを取り出し目元にあてた。

ハンカチを握りしめ、背中を震わせながら涙をこらえている。

シャロン嬢は養母を見ずに、不安そうな顔で養父を見ていた。

娘に甘そうな養父は困ったなぁという顔をするばかり。

子爵の鼻から一本出ている毛、抜きたくなってきた。

わたしはイラッとしながらも、事務的に話を進める。

「シャロン嬢は虚偽の報告を提出しています。慰謝料を払う義務があります」

「でも、報告書を出したのは、デイビット様で……」

わたしはシャロン嬢に冷たく言い放った。

「あなたの発言を基に、作られたものですし、浮気した事実は消えませんよ」

シャロン嬢は押し黙り、うつむいた。

仕事柄、シャロン嬢のような人の気持ちが分からない人とは、よく会う。

刑罰が決まっていても、彼らは本気で自分が加害者という自覚がないのだ。

後悔もしないし、反省もしない。今の状況から逃れたくて、言い訳ばかりを口にする。

最近の犯罪者心理の論文では、再犯する人ほど、あっさり罪を認め、謝罪を口にする傾向がある——というものまで出ている。無理やり反省させても、矯正にはならないらしい。

だから、わたしはシャロン嬢に反省は促さず、事務的に話を進める。

「慰謝料は保護者が代わりに支払うか、シャロン嬢が矯正労働所で稼いでください」

「矯正労働所……！」

シャロン嬢が悲痛な声を上げ立ち上がる。格子を握りしめて、瞳を潤ませた。

「い、いやっ。お父様、お願いよ。お金を払って！」

「……シャロンを炭鉱所に行かせるわけにはいかないな……」

養父はちらちらと妻の様子をうかがっている。養母はうつむいたままだ。

「どうするかはご相談ください」

「うむ……わしはシャロンに慰謝料を出してやりたいが……その、だな……」

腕組みをした養父にわたしはニッコリとほほ笑んだ。鼻毛抜きたいな、と心底思いながら。

「今、子爵家の家計を支えているのは、夫人ですよね？」

「あ……いや……」

「夫人の意向が一番です。子爵夫人、いかがでしょうか？」

声をかけると、養母が顔を上げた。後悔で濡れた顔をしていた。

幼い頃亡くなった優しい母を思い出してしまい、わたしは声をかける。

「わたしには子どもがおりませんが、子どもを育てることは、心をくだかなければいけないことだと思います。シャロン嬢は罪を犯しましたが、未成年です。まだ間に合うかもしれません。そのために何が必要かお考えいただけないでしょうか」

養母はじっとわたしを見つめた。いや、わたしの姿は見ていないのかもしれない。

彼女が見ているのは、過去にあったこれまでの出来事だろう。

しばらくすると養母の顔つきが変わってきた。丸くなっていた背中は、すっと伸びて彼女は親の顔になった。

「ドロシー様への慰謝料は、わたくしからお支払いします」

「……え」

「……おまえ」

わたしは大きくうなずいた。すぐに養母に誓約書を差し出す。

金額は決して安くないものだったが、養母は迷いなくサインをした。

「支払いが完了するまで、シャロン嬢は仮釈放です。慰謝料が完済すれば、刑期満了です」

「そうですか……その前に、シャロンと話をしてもいいですか」

「どうぞ」

養母は立ち上がり鉄の柵に近づく。シャロン嬢は叱られると思ったのか小さく丸まり、養母から目をそらした。

「シャロン。今回は手を貸します。でも、あなたは来年には成人です。今のままではダメだということが分かりますか？」

シャロン嬢は下唇を噛み、養母は嘆息する。

「学園は退学しなさい」

「え……」

「……元々、あなたには女学院がいいと思っていたの。共学の方がいいと、あなたも主人も望んでいたから、入学させたけど……あなたの学園生活の様子を聞いて、編入させようか学園長と話し合っていたのよ」

「え……う、嘘！」

養母は目を真っ赤にして、鉄の柵を手で握る。

「……あなたにも転校の話はしたわよ……それも一度や二度ではないわ。あなた、本当にわたくしの話を聞いてなかったのね！」

「ぐっ……だって、おかあさまは、私のことが嫌いじゃない……」

シャロン嬢の瞳が潤んでいく。悔しそうな顔で、養母を見ずにはき捨てるように言う。

「さっきだって、娼婦の子だって言った！」

「当たり前でしょ！　あなたはわたくしの子ではないわ！」

かっと火が付いたように、養母が声を張り上げる。彼女の声は涙まじりになっていた。

スンと鼻を鳴らした養母に、シャロン嬢が驚き、顔を上げる。

「あなたが家の前にひとりで来た時、ぼろぼろの服を着ていたのよっ……痩せていて、足は棒きれみたいでっ……なんとかしたいと思ったのよ……」

養母は口元を押さえながら、涙声で続ける。

「それ、なのにっ……父親は甘やかすだけで、何もしないし！　あなたは、わたくしの話は聞かないし！　いつまで経っても遊び歩いているし！　いくら心配しても伝わらないっ！　嫌っていたのはあなたの方でしょう！」

シャロン嬢が目を大きく広げたまま、ぽつりと言う。

「……おかあさまは、私のこと嫌いじゃないの……？」

「当たり前でしょ！」

「な、んで……だって、私はおかあさまの本当の子じゃないし……」

「五年もそばにいたら、情だって湧くのよ!!」

養母は泣きながら、叫んでいた。

「母親らしいことなんて分からないわよ……わたくしは子どもを授からなくて、あなたの存在が恨めしい時だって……あったわ……」

養母が肩を震わせながら鉄格子を強く握りしめる。

まるでシャロン嬢を抱きしめたくてたまらないという雰囲気で。

「それでもね……馬鹿なことをしたら、叱りたいの。どうしたら、この子がまっとうに生きられるか考えたいのよ……」

養母の声にシャロン嬢の瞳から一粒の涙が流れた。養母は毅然とした声で言い放つ。

「退学は決定よ。婚約者のいる人に近づくなんて、ましてや奪おうとするなんて、馬鹿にもほどがあるわ！」

「……ごめんなさい」

養母が叱り飛ばすと、シャロン嬢は静かに泣きながら、うつむいた。

「ほんとっ……馬鹿なんだからっ」

「ごめんなさいっ……おかあさま……」

「……謝らなくていいわ。二度とやらないで頂戴」

「うっ……ううっ」

「シャロン……今から、変わるわよ……あなたも、わたくしも」

「……うんっ……うんっ……」

「……頑張りなさい」

シャロン嬢が赤子のように泣きだした。彼女の本当の涙を、今、見た気がした。

「家に帰るわよ」

「……帰ってもいいの……？」

「もう……当たり前でしょ！」

シャロン嬢はこくこくうなずいた。養母は立ち上がり、踵を返す。

涙に濡れた目は真っ赤で、悪魔のような形相になっていた。養母は養父に怒鳴り散らかす。

「あなた！　いつまでぼーっとしているのよ！」

「はっ……！」

「今度こそ、離婚するわよ!!」

「やっ……それはっ……！」

「離婚したら、シャロンはわたくしが引き取ります！　あなたには任せられない!!」

「ひっ……」

「甘やかすだけじゃ、シャロンのためにならないわ！　いい加減！　分かりなさい!!」

「……分かった……」

養父はがっくりと肩を落とす。

「分かったなら、立つ！」

「は、はいっ！」

ぴょんと飛び跳ねるように立った養父。養母は大きく息をはき、乱れた髪を手ぐしで整えた。

わたしの方を向き、両手をそろえて深々と頭を下げる。

「娘が誠にお世話になりました」

そして、姿勢を正し、神妙な顔をする。

「できれば、ドロシー様とご両親へ謝罪をさせていただきたいのですが」

わたしは首を横に振った。

「加害者が被害者に面会することは、法で制限しています」

あえて強い言葉で牽制する。養母は苦しげに眉を寄せて、もう一度、頭を下げる。

「もしもドロシー様にお会いすることがあればお伝えください。慰謝料は必ず、お支払いいたします、と」

養父もあくせくしながら頭を下げた。

鍵のかかっていた鉄の扉が開かれ、シャロン嬢が出てくる。

わたしは泣きじゃくるシャロン嬢に声をかけた。

「シャロン嬢」

「シャロン、顔を上げなさい」

養母に促され、シャロン嬢が顔を上げる。彼女の目をしっかり見つめながら忠告した。

「今回はご両親に慰謝料を支払ってもらいましたが、それで終わりではありませんよ」

「……はい」

シャロン嬢は静かにうなずいた。ずいぶんと素直になったものだ。

「あなたの戸籍には、犯罪歴が残ります。次に同じ罪を犯したら、もっと刑罰は重くなるでしょう」

「……っ！　は、いっ……」

「あなたの戸籍に罪が増えないことを望みます」

シャロン嬢はピクリと震え、深々と頭を下げた。

「私が……悪かった……です……申し訳ございませんでした……」

そして、三人は保安隊事務局を後にした。また泣きそうなシャロン嬢の手を引っ張りながら養母が先頭で出ていく。養父はよれよれだったが、しっかりしろと言いたい。

「強いな……おかあさまって……」

去った三人を見て、わたしはつぶやいた。

「シャロン嬢が二度とここに来ませんように……」

わたしは肩を大きく上下させて息をはき出し、自分のデスクに戻った。

第2章

ハゲを見られたら困ります

出勤の時は、時間より早く出るのが日課だ。

朝の出勤だったわたしは、深紅の帽子をデスクの上に置き、保安隊事務局で収集されている新聞を手に取った。自国のものが多いが、国交が開いている他国のものもある。自分が読める五ヶ国の新聞を手に取り、自分のデスクに戻った。

わたしが暮らす帝国は島国なので、他国とは隣接していない。海を隔てた他の国の情報を端から端まで目を通す。

「……今日も、何もなしか……」

嘆息して、新聞を元の場所に戻す。デスクに戻りサイドの引き出しを開け、手帳を取り出した。ページを開いてメモを取る。食事代も書いた。わたしには借金があるので節約中だ。

買ったものや使った金額をこまめに書くようになったのは父の影響だった。帳簿は、自分がどこにいるか分かる目印だ——というのが、わたしの父の口癖だった。

幼い頃、母を亡くしてから、父は仕事を黙々としていた。父の書斎は本棚に囲まれていて、静かな部屋だった。そっと部屋に潜り込んでは、わたしも本を読んでいたのだ。本を読み終わると、父と目が合い、柔らかくほほ笑まれた。その時間が好きだったし、仕事をする父の背中に憧れていた。

お父様、元気かな。

父の顔を思い出し、ツキンと胸の奥が痛む。わたしは肩をさすって、痛みを外に追い出した。こうしていると落ち着いてくるのだ。

「アメリアさん、お疲れですか？」

不意に声をかけられ、びっくりした。肩を揉んだまま見上げると、くりっとした大きな瞳と目が合った。

保安隊の先輩、ペーターさんだ。

年齢は三十二歳だけど、わたしと同年代に見えるほど若々しい。密かに童顔モンスターと呼んでいる人だった。

「ペーターさん、お疲れ様です」

わたしは立ち上がって、敬礼をする。

「はい。お疲れ様。疲れが溜まっているんですか？」

表情を変えずに、ペーターさんが敬礼を返してくれた。

わたしは手を下げ、小さく頭を下げる。

「お気遣い、ありがとうございます。大丈夫です」

「そうですか」

ペーターさんはデスクの上にある新聞を見た。

「ものすごいスピードで新聞を見ていましたね」

「……見ていたんですか？」

「しゅばばばっ！　って、音が出そうだなーと思いました」

ペーターさんが真顔で拍手する。これは、絶賛してくれているらしい。

「普通ですよ」

「五ヶ国の新聞を読める人は、なかなかいないです」

「ははは……」

余計なことは言わずに笑って済まそう。

「それによくメモしてますよね？」

「あ、……買ったものは書かないと、落ち着かないんです」

「へー、アメリアさんは真面目ですね。やり続けられるのは、すごいことです」

曇りなき目で言われてしまい、居心地が悪い。

わたしのしていることなんて、ごくごく普通のことだ。

兄はよく褒めてくれたが、認められたい人に認められなかった。だから、褒められると、どうしていいのか分からなくなる。今すぐ引き出しから、黄緑色のムニムニ君を取り出して、むにむにしたいくらい落ち着かないのである。かといって、そんな奇行をしたらペーターさんはドン引きだろう。

わたしは話題を変えることにした。

「昨日の逮捕、どうでしたか？」

「ああ、閣下がいなかったから、全員、息をしている状態で刑務所に引き渡せましたよ」

普通に会話が始まり、ほっとする。いつもの調子でわたしも話した。

「閣下がいると、刑務所ではなく、まず病院に行かなければなりませんものね」

「そうそう。アメリアさんが来る前は、ひどかったんです」

ペーターさんが両肩をすくめる。

「オレ、刑務副所長から、容疑者を半殺しにしないで、確保してくれ、と言われましたし」

ペーターさんの言う光景がありありと目に浮かび、ぬるい笑みが出た。

「……ご苦労をお察しします……」

そう言うと、ペーターさんが小さく笑う。

あ。笑顔なの、珍しいな。

「閣下はアメリアさんが来てから雰囲気が変わりましたね。いいことです」

「そう、でしょうか……？」

「そうですよ」

穏やかな声で言われて、頬に熱が集まってきた。どう返したら、いいんだろう。

困ってしまう。わたしがうつむいていると後ろから陽気な声がした。

「さすが、ペーターくん。よく見てるね」

この声、閣下だ。ひぇっと、声が出そうになり、慌てて口を引き結ぶ。まさかご本人様の登場とは想定外。ドッキリです。心臓がばくばくしてきました！

そんなわたしにおかまいなく、閣下とペーターさんは何事もなかったかのように会話を始めた。

「気配を消して近づくのやめてくださいよ。ちょー、怖い」

「たいして怖がっていないくせに」

「誇張しましたけど、何か？」

「くくっ、嘘つきのペーターくんには、追加の仕事だよ」

「わー、笑顔が鬼畜だー」

閣下がペーターさんに書類の束を渡した。ペーターさんは書類を受け取り、真顔で目を通す。

「また婚約者同士の揉め事ですね」

「そうだね」

「多いですね。やっぱり、一年前にあったサイユ王国の婚約破棄騒動のせいですかね」

ペーターさんの何気ない言葉に、腰のあたりがヒヤリとした。

「第二王子でしたっけ？　婚約者の悪事を暴いたんですよね」

ペーターさんの言葉に、閣下は目を細める。

「他の国の話だよ」

「そうですけど、あの事件以来、恋愛志向が高まって、令嬢と令息の婚約解消が増えました。きちんと順番を守ればよいものを恋に盛り上がって、一方的に解消する人が多すぎです」

「そうだね……馬鹿が多いんだろうね」

閣下がわたしを見る。目元に鋭さはなく、落ち着いた顔をしていた。

「皆、真実を見る目を失ったから、愚か者に成り下がったんだろうね。誠実な人が、割を食うのは赦せないね」

その言葉はまるで、わたしの過去を肯定してくれているかのようだった。

きゅうと心臓が締めつけられる。なぜかしら。あの時、閣下はいなかったのに。

切なく胸が震えそうになり、わたしは無理やり笑顔を作った。

「閣下、わたしに仕事はありませんか？」

じっと見つめられた後、閣下は涼やかに笑った。

「あるよ。母上とマーカス領について話してきたんだ。その結果を伝えるよ」

「皇后陛下と、ですか」

「保安隊を作ったのは、母上だからね。報告義務はある。会議室で話すよ」

「はい」

わたしが返事をすると、閣下は歩きだす。向かう先は、防音のために壁が厚く、窓がない部屋だった。

閣下が会議室の扉を開いた。くるりと体を反転させ、中へどうぞと手を差し出す。

「扉を押さえているから、入って」

「あ……はい。失礼します」

会議室は疑似ランプで照らされていた。鏡面のように磨かれた丸いテーブルが真ん中にある。革張りの椅子が四脚。テーブルの周りに置かれていた。閣下はすばやく椅子を引いて座った。わたしは閣下の対面に着席する。

「マーカス伯爵領は、皇族領にするって」

いきなり本題に入り、わたしは背筋を伸ばした。

「では、マーカス伯爵は奪爵ですか」

「うん。伯爵家から裏帳簿が見つかったんだ。マーカス領では小麦の税率が通常の倍になっていた」

「倍……それでは、農民の生活は苦しいでしょうね……マーカス地方は農村ですし……」

資料でしか知らない土地に思いをはせ、眉をひそめる。閣下は変わらない表情だ。

「それと、家の窓の多さで税を取るとか、好き勝手やっていて、マーカス領はボロ屋ばっかららしい」

「それは、あんまりです。ひどい」

「そうだね」

口惜しくてわたしは質問した。

「マーカス伯爵家の帳簿は、複式簿記ではなかったのですか？」

「それが、違ったらしいよ。母上がカンカンで、財務大臣を呼び出していた」

「そうですか……」

やるせなさは募るが、手は打たれた後らしかった。

領地の経営は、その土地を受け継ぐ者に任されている。ただ、年に二度、皇室へ報告義務があった。

脱税する領主が後を絶たないので、帳簿をお金の流れが分かりやすい複式簿記に変えて提出させているそうだ。

この複式簿記は計算方法が複雑で、専門の学校で学ぶ必要がある。

そのため、まだまだ一般的ではなかった。

「マーカス伯爵は脱税していたのですね」

「そうだね。意図して、帳簿の改ざんを行ったと自供した」

「……脱税ならば、過去を遡って返金の義務がありますね」

「マーカス伯爵は矯正労働所行きになった。生活水準を下げたくないという、自身の見栄のためだけに、領民に重税をしいていたんだ」

閣下が冷笑を浮かべる。

「彼、終わったね」

そう言う閣下に不快感はなかった。

自業自得だ。むしろ、使ったお金は返してほしい。

脱税した分は農民の暮らしにあてられたらよいのに。

「閣下、伯爵家には売れるものが沢山あります」

「そうだね。家も売却する予定だ」

「あの馬車は、まだ新しいです。伯爵家の調度品を競売に出せば、まとまったお金になりそうです。廊下には確か有名な画家のものがありましたし、お金を領民へ還元することはできないのでしょうか？」

真剣な声で言うと、閣下は嬉しそうにニヤリと口の端を持ち上げた。

「ウォーカー三等保安士の提案を受け入れる」

ハッキリと言われ、わたしは目を大きく広げた。

「母上に報告するよ。リアの言葉は苦しんだ人に、手を差し伸べるものだ」

続けて言われた言葉に、胸のあたりが熱くなってきた。認められた。嬉しい。

「ありがとうございます！」

声を大きくして、はしゃぐと閣下は満面の笑みになった。

「ところで、リア」

「はい、なんですか？」

うっきうきの声を出して、返事をする。

閣下はさっきとは違って、意地悪そうな笑みを浮かべた。

「一生懸命なのは結構だけど、身なりを気にしようね」

閣下はわたしの脳天を指さした。

「つ・む・じ」

わたしは青ざめ、脳天を両手で隠す。椅子を倒しながら立ち上がった。

「ハゲていますかっ⁉」

「うっすらと」

「大変っ！」

わたしは脳天を両手で隠しながら、部屋をうろうろする。ハゲは隠さなくては！

「ぶっ……！」

閣下が噴き出した。お腹を抱えて、爆笑している。そんなに笑わなくても。

「ハゲを見られたら困りますので」

「分かっているよ。髪結い師を呼ぼう。俺の部屋においで」

「……え、でも。仕事が」

「急な案件はあるの？」

「……ないですが」

「俺もないよ。じゃあ、髪を染めてしまおう」

本当にいいのだろうか？

うつむいていると、閣下がニヤリと嗜虐的な笑みを口元に作る。

「ハゲたままでいいの？」

「ダメです！」

とっさに答えてしまい、閣下が口を開いて笑う。

もう何も言えなくなり、わたしは閣下の執務室へと向かった。


忘れがちだが、閣下は皇族だ。つまり、髪型は自分で整えずに専属の者に任せている。それが髪結い師だ。

髪結い師、トレビス伯爵は黄金に輝く長い前髪が特徴的で、全体的にキラキラしている人。

わたしの髪は彼に染めてもらっていた。

「フッ、僕をお呼びかな☆」

黄金の前髪をふさぁと手で払いながら、トレビス卿は閣下の執務室にやってきた。

わたしは鏡の前の椅子に座り、トレビス伯爵に頭を下げた。

「トレビス卿、来てくれてありがとうございます。髪が……ハゲて、しまいました……」

しょんぼりして言うと、トレビス伯爵は舞台役者のように左足を下げて、腰を落とす。右手は優雅に胸の前に巻き込み、左手はたおやかに伸ばした。

「子猫ちゃん、任せてくれたまえ。天才の僕なら、どんな脱色ハゲも隠せるよ！」

キラリン☆　と音が出そうなほど、白い歯を輝かせながら言われ、胸をなで下ろす。

「よかった……」

トレビス卿はわたしの髪をしげしげと見つめだした。

「ふむ。髪も傷んできたし、一度、染め粉を落とそう。お風呂に入ってきてくれたまえ」

「はい……あの、でも……」

「風呂なら用意するよ。手伝おうか？」

閣下がくすりと笑いながら、わたしに話しかける。制服のボタンを外しだして、仰天した。

「……湯浴みは、ひとりでできるようになりました。大丈夫です……」

「そう？　心配だなあ」

閣下はにっこにこの笑顔のまま制服を脱ぎだす。制服の中に着ていた黒いシャツが見えた。

シャツはぴったりしたもので、閣下の体の線を浮き彫りにしている。服の下でも分かるほど、
厚みのある筋肉に覆われた胸。腹部は六つに割れ、鍛えられた魅惑的なラインが見える。

閣下はまた半裸になる気だ。それは無理！

「ひとりで大丈夫です！」

わたしは脱兎のごとく走り出した。執務室にある中階段を上り、風呂場へ突入する。

バタン！

勢いよく扉を開き、
バタン！

扉を閉める。心臓をバクバクさせながら、わたしは頭を抱えた。

一度、事故で見てしまった閣下の上半身が脳裏をかすめる。

「……あの体は、反則です……」

深いため息を出し、わたしは立ち上がった。

風呂場を見渡し、丸い大きな鏡がある手洗い場に近づく。銀のワゴンの中には、真っ白なタオルが入っている。使わせてもらおう。

ダテ眼鏡を洗面台の上に置いて、ひっつめた髪をほどいた。縛ってくせの付いたこげ茶色の髪が、腰までの長さになる。

鏡をのぞき込むと、目の中には向日葵が咲いていた。

瞳孔は茶色で、花びらが開いたように鮮やかな黄色になっている。わたしの家系、特有の瞳だった。

「顔色、よくなったな……」

頬に手をあてて、指の腹で輪郭をなでる。

白すぎない健康的な肌の色だ。それだけ時が経ったということだろう。

わたしは制服のボタンを外し、中に着ている黒いシャツやズボンを脱ぐ。編み上げブーツも脱いだ。

裸になると、腰をひねり肩のあたりを確認した。

「きれいになったな……」

肩には消せない傷があった。人工皮膚を覆いかぶせて、傷跡を隠す手術をした。その時に使った医療費が、わたしの借金だった。

閣下の配慮で、無利子でお金を貸してもらえたけど、払い終わるのは当分、先だ。

こつこつ返していくしかない。

服を畳み、猫足の付いた浴槽に向かう。

浴槽の中に入り、シャワーハンドルを手に持ち、蛇口をひねった。

頭からお湯をかぶると、こげ茶色の液体が顔に伝っていく。わたしはシャンプーを使い、染め粉を落とした。

「お風呂、ありがとうございます」

着替えて、階段を下りると、トレビス卿がわたしの髪を見て、ガッと目を見開いた。

「神々しいッ！　いつ見ても、完璧なサンシャインゴールドだね！　この輝きを染めるなど、神を冒涜するようなものッ！」

わたしの地毛は月夜の下でも輝いて見えるほどの金髪だ。だからこそ、目立っては困る。

「こげ茶色に染めてください」

「ガッデム……！」

膝から崩れ落ちるトレビス卿の横を通り過ぎ、椅子に座る。

「トレビス卿、よろしくお願いします」

「くぅぅぅっ！　分かったよ！　完璧に染め上げて見せるさ！　このブラシに懸けて！」

シャキーンと効果音が出そうなほどの勢いで、トレビス卿は懐から毛染め専用のブラシを出した。わたしは安心して、鏡を見た。

トレビス卿が見事な手さばきで、髪を染めていく。髪から輝きがなくなり、帝国人にもっとも多いこげ茶色の髪になっていく。

「きれいな髪だよね」

閣下が腰をかがめて、染まっていない毛先を握る。

「染めなくてもいいのに」

わたしの毛先を指で遊ばせながら、閣下が不満そうな声を出す。惜しんでくれているのが嬉しくなり、思わず口元がゆるみそうになる。ダメダメ。染めないと。

「……染めます。これは強くなるための儀式なので」

「儀式？」

「髪を染めると、気が引きしまるのです。自立した女性になれるような気がするんですよ」

ちょっとだけ得意げになって言った。しかし、鏡越しに見えた閣下は、射抜くような視線を送っている。鋭い眼差しにひゅっと、のどが鳴った。

「自立ね……それはつまり、リアは男には守られたくないってこと？」

全身が粟立つほど、冷たい声。まるで閣下に、尋問されているかのようだ。緊張してしまい、膝に置いていた手をきつく握った。

「そう……ですけど」

「どうして？」

「だって、」

子どもが駄々をこねるみたいな理由を言いそうになる。反発心がむくむく湧いてきて、鏡越しに閣下をにらんだ。

「せっかく保安隊になれたのです。カッコつけたいじゃないですか」

ふくれっ面で言うと、閣下が目を丸くする。しばらくして、ぶっと噴き出した。

笑いを噛み殺して口元を手で押さえている。肩も震えていて、目はにやけていた。

自分でも子どもっぽい理由と思いますが、そんなに爆笑しなくても。

「笑わないでくださいっ」

「ははは、ごめん。可愛い理由だなって思って」

「ぐっ……閣下に比べたらわたしは子どもです……」

結局、駄々っ子みたいなことを言ってしまい、落ち込む。嫌な態度をとってしまった。

それなのに、閣下はふっと口の端を持ち上げた。

「リアは子どもではないよ。大人の女性でしょ？」

今度は甘やかすようなことを言われ、ぐうの音も出なくなる。

閣下の手のひらの上でコロコロ転がされているみたいで、妙に悔しい。反論したいのに、口から出たのはまたも子どもっぽい言葉。

「閣下、染め粉が手に付くのでお下がりくださいっ」

顔を閣下に向けて言うと、トレビス卿が絶叫する。

「あああああ！　ダメだよ、子猫ちゃん！　前を向いて！」

「あ、」

「芸術的な僕の手元が狂う！」

「すみません……」

わたしは恥ずかしさのあまり、身を小さくして前を向いた。

鏡越しに見える閣下の目は、とろけていて甘い。兄のように見守っているみたいだ。

閣下は兄ではないのに。

さっき、わたしの提案を閣下に認められて嬉しかった。だから自立したいと願うことも、閣下に認められると思った。いいね、と思われたかった。

それなのに。なぜ、責めるように見られたのだろう。

心の中に灰色の絵具をまぜ込まれたみたいに、モヤモヤする。

「フ、完璧だね☆」

そうこうしているうちにトレビス卿が髪を染めてくれた。

「ありがとうございます」

「いいんだよ、子猫ちゃん！　また手入れしたくなったら、僕を呼んで！」

トレビス卿がウインクをする。わたしは笑いながら、頭を下げた。

「髪に色が定着するまで、あまり動かないでね☆　じゃあ、アデュー！」

そう言って、トレビス卿は黄金の前髪をふさぁと手で払い、部屋から去っていった。

「動けないなら、お昼にしようか。用意させるよ」

「え……」

わたしが断る間もなく、閣下も部屋を出ていく。

ひとり取り残されたわたしは、とりあえず椅子に座った。

「ああ……」

がっくりと肩を落としてうなだれた。

「どこが、大人の女性なのよっ」

閣下に嫌な態度をとってしまった。最悪だ。

妹と思ってほしくないと言ったのはわたしなのに、無意識に閣下に兄のような優しさを求めてしまっていないか。

兄は辛い時に、手放しで優しくしてくれる人だった。——もう会えない人だけど。

「にいさまの幻影を閣下に見ているのかな……」

それは情けない話だ。

わたしは大きく息をはき出し、ぼんやりとした頭で部屋を見渡した。

閣下の執務室は、中階段がある吹き抜けの二階建ての部屋だ。今いる一階は、壁まである本棚に囲まれていた。高い位置の蔵書を取るために、梯子が本棚にかかっている。

飴色の執務机には、コードで繋がれた黒電話があり、万年筆が転がっていた。

机の前には、来客用のローテーブルがある。光沢のある革張りのソファが、テーブルを挟むように並んでいた。読書用なのか、丸椅子があちこちにある。

そんな仕事部屋らしい部屋に、異質に見えるものがあった。

左腕の途中――肩とひじの関節の間から指先まである義手だ。磨き抜かれ、光った銀色の義手がガラスの箱に入っている。スペアの義手だろう。

よく見ると、義手の隣には工具が並んでいた。スプレーや、布もある。

制服に隠されているが、閣下の左腕は義手だった。

でも、閣下はとても強かった。

腕がないことを感じさせず、堂々としている。その姿に憧れる。

わたしへの接し方が、甘すぎるけど。

兄のように慕ってしまう私も悪いが、もう少しドライに接してほしい。

そう思ってしまうのは、閣下は女性だからといって区別するような人ではないからだ。他の女性隊員には、厳しいことを言っている。彼女たちは、閣下と同じくらい筋肉質な体ではあるが。

「……筋肉がないから、甘やかされているのかな……」

わたしの役割は、容疑者を言葉で追いつめるクローザー。

体格の良さは求められていない。分かってるけど、モヤモヤする。

「はあ……」

ため息をついた時、部屋の扉がゆっくりと開いた。

「リア」

と、明るい声に、にっこにこの笑顔。不意を突かれ、わたしは慌てて背筋を伸ばす。

「サンドイッチなら、食べられる？」

「えっ……はい」

返事をすると、閣下がこちらに歩み寄ってきた。閣下の後ろからメイド服を着た女性が部屋に入ってくる。わたしに向かって一礼し、銀のワゴンを押してきた。

三名のメイドと男性使用人が部屋に入ってきて、ローテーブルをわたしの前まで動かす。椅子が移動され、食事が用意されていく。

テーブルの上には、三段のケーキスタンドと、豊かな香りがするお茶が用意された。

「わあ……」

思わず声が出てしまうほど、目が楽しいランチだった。

貝がらのような白い皿のケーキスタンドだ。

一番下には小ぶりのサンドイッチが四つ。中に挟まれているものが全て違う。細かく刻まれた野菜のサンドイッチに、濃厚な味がしそうなパテのサンドイッチ。

真ん中の段には、香ばしく焼かれ、バターの艶の出たスコーンが三つ。ラズベリー系のジャムとブルーベリー系のジャムの二種類があり、舌の上でとろけそうなマーガリンもガラスの器に入っている。

一番上の段は、お菓子だった。

ピンク色のロールケーキに、コーヒーをスポンジにしみ込ませてほろ苦そうな一口サイズのケーキ。花のように描かれたクリームの上に、コーヒー豆がちょこんと乗っていた。鮮やかなイチゴの断面が見える甘そうなパイもある。食べたら、サクサクと音が鳴り、口の中でパイ生地がほどけそう。

「気に入った？」

「はい……」

さっきの悩みは吹き飛んでしまい、夢見心地のまま答える。

サンドイッチはどれから食べようか。どれも美味しそうだから、迷ってしまう。

目を輝かせて、ケーキスタンドを見ていた次の瞬間。

――え？

対面に用意されたケーキスタンドの中身に仰天した。三段の皿、すべてがサンドイッチだった。

一口サイズのサンドイッチが二段重ねになっていて、皿と皿の間に、ぎゅうぎゅうに押し込まれていた。一番上のサンドイッチは何段重ねなのだろう。

「食べようか」

使用人が部屋から出ていき、閣下がわたしの対面に座る。サンドイッチを器用に指でつまんで口に入れた。

ひょい、ぱく。ひょい、ぱく。

食べるスピードが尋常ではない。サンドイッチタワーが崩れる暇もなく、閣下の腹に消費されていく。ここは、ツッコミを入れた方がよいのだろうか。

「リア、食べないの？　美味しいよ」

不思議そうな顔をされ、わたしはツッコむことをやめた。

「……いただきます」

わたしは両手を前で組み、食前の祈りを捧げ、野菜のサンドイッチから食べだした。

「んんぅ、美味しい」

野菜のサンドイッチは、マヨネーズの酸味が控えめだ。野菜の甘さが舌の上で広がる。

パテのサンドイッチも美味しい。濃厚なのに、後味がスッキリしている。

仕事中なのに、舌が味を感じていた。幸せ。

「満足そうだね」

閣下の言葉に、わたしは笑顔で答えた。

「はい！　とっても」

「それは、よかった」

ほっとしたように言われ、閣下がサンドイッチをまたひとつ手に取った。中身を見た瞬間、閣下の表情が変わる。ひんやりとした冷気を感じ、わたしは食べるのをやめ、閣下を見た。

「……俺の目はごまかせないよ」

閣下は不敵にほほ笑みながら、サンドイッチの中身をつまむ。小さなオレンジ色の欠片を取り除いて、皿に乗せた。

「切り刻んでも、無駄」

「……閣下、何があったんですか？」

閣下は珍しく眉間に皺を寄せ、むっとした顔になる。

「ニンジンが入っていたんだよ」

「……野菜のニンジンですか？」

「そう」

閣下は忌々しそうにオレンジ色の欠片を皿の隅に乗せる。

「料理長のクックが毎回、サンドイッチに入れてくるんだよ」

「……はあ」

「そろそろ諦めればいいものを。俺の目はごまかせないよ」

「……そんなに嫌いなんですか？」

「嫌いだね。嫌いなものは栄養にならないよ」

目を据わらせながら堂々と言われ、ぷっと声が出た。

ダメだ。これは笑ってしまう。

「か、閣下にもっ……くくっ……苦手なものって、あるんですねっ」

閣下は唇を尖らせた。

「犯罪者とニンジンは嫌いだよ」

「ぶっ！　あははは！」

我慢できずに、大声で笑ってしまった。だって、可愛いんだもの。

「ニンジンが嫌いなのは意外です」

閣下は目を丸くした後、両肩をすくめた。

「そう？」

「はい。閣下は隙がないように見えますので」

「そう？　普通だよ。リアは隙がないように見せたいんだろうけど」

「え……？」

「違う？」

閣下がふっと口角を持ち上げた。わたしはぐぬぬぬと思いながらも、スコーンを頬張る。たっぷりとジャムを付けて食べ切り、お茶を飲む。よし、落ち着いた。

「……わたしには隙がありすぎますか？」

「全然、違う」

「え……？」

臨戦態勢になって言ったのに、閣下の反応はまるで違った。

わたしを真っ直ぐ見つめて、瞳が真剣だ。閣下の紅い瞳に、ぐっと意識が惹き込まれる。

「俺には隙を見せて。もっと、頼ってよ」

閣下の声は、低くかすれていた。すがるように聞こえたのは、なぜだろう。

心がざわついてしまい、落ち着かない。閣下の紅い瞳が見られなくなって、わたしは背中を丸めた。

「……いつも、頼ってますよ？」

「そうかな？」

「そうですってっ」

「ほんとかなあ」

「本当ですっ！」

おどけるように肩をすくめられ、だんだんと声が大きくなった。わたしは紅茶を飲んで、胸を張って言う。

「閣下ほど、頼れる人はいません」

「それは、仕事上の話でしょ？」

ふてくされたように言われ、目をぱちぱちさせる。

仕事以外に何があるのだろう。わけが分からなくて、首をひねった。

「……先は、長いか……」

閣下が顔を下に向けて嘆息し、お茶をひとくちすすった。カップがソーサーの上に戻り、閣下が顔を上げる。目が合うと、じっと見つめられた。

閣下の紅い瞳が、熱っぽかった。わたしの心を探り、暴き出すような視線。それなのに、くらりときてしまうほど壮絶な色気がにじみ出ている。

このまま見つめあったら、囚われてしまいそうだ。逃げなきゃ。

わたしは強張った笑みを顔に貼りつけた。

「わー、このケーキも美味しそー」

わたしはぎこちない手つきで、スコーンを手に取った。

ふっと、閣下の表情がゆるむ。

「ケーキはこっちだよ？」

「えっ……あ、そう、ですね……！　ははは」

苦笑いをしてごまかした。

すると、ピンと張りつめた緊張感が、閣下から消えていった。くすくす笑いだした閣下に、胸をなで下ろす。

閣下はサンドイッチをまたひとつ取る。

だが、断面を見て、目を据わらせた。

「また、ニンジン」

「まだあったんですね」

閣下はサンドイッチをじっと見つめた後、わたしに向かって声を出した。

「ねえ、リア。食べてよ」

「え？」

「これ、」

閣下がサンドイッチをわたしの唇近くまで持ってくる。

「俺を助けて」

脳に響く、甘ったるい声で言われた。すがるように潤んだ眼差しで見られ、一気に顔が火照りだす。甘えるのは、ずるい。破壊力が半端ない。

「……嫌いなら、食べますけど」

熱っぽい視線から逃れるため、わたしはサンドイッチを見た。閣下の指に触れないよう、サンドイッチの端をつまむ。

「ありがとう」

閣下の親指が伸びてきて、わたしの爪をなでる。義手ではない、男の人の感覚がして、腰のあたりがゾクリと疼いた。

なんて、けしからん色気を出すの！

ほんの一瞬の触れ合いだというのに、今のわたしはトマトみたいに真っ赤な顔をしているだろう。口がムズムズする。へんな顔をしているに決まっている。絶対、顔に色々と出ている！

「イ、イタダキマス……」

うつむいたまま、サンドイッチを食べる。

「どう？」

尋ねられても閣下のことしか、頭に残っていない。味なんて、分からない。

「オイシイと、オモイマス」

「そう、よかった」

満足そうな声が聞こえ、びくりと体が震える。

今、顔を上げたらいけない気がする。ぴえん、と泣くはめになりそう。

うん。このまま下を向いてやり過ごそう。

わたしはなるべく閣下の顔を見ないように、ケーキを食べる。

イチゴのパイは想像通りで、甘くて爽やかな酸味がある。

でも、ちらっと見てしまった閣下の眼差しの方が甘くて、イチゴがより酸っぱく感じた。

第3章

花に罪はありませんから

デイビット卿とマーカス元伯爵は、それぞれ別の炭鉱へゆくことになった。マーカス伯爵家の家財はすべて差し押さえられ、元伯爵夫人は使用人のひとりと共に実家へ帰っていった。

マーカス家に勤めていた使用人たちは解雇となり、安全保障局が次の就職先を斡旋することになる。

ひと昔前まで、貴族の使用人たちは家長の紹介状がなければ、次の就職先を見つけるのが難しかった。そのため、雇用を失いたくない一心で、主をかばい立てし、証拠を隠滅しようとする者もいて、犯罪を暴くのが難しくなっていた。

そこで、皇后が法にメスを入れた。

国が労働支援することで、貴族の不正を暴きやすくしたのだ。

故意に犯罪に加担した者以外は、使用人たちは無罪放免となり、帝都での再雇用が認められる。しかし、長年勤めてきた者は再就職も拒むことがあった。マーカス家の執事も、帝都での就職を断り、故郷へ帰っていった。

マーカス家とシャロン嬢の処遇が決まった後、わたしは被害者であるドロシー嬢とマーシャル卿へ結果報告をするため、日程調整をしていた。

屋敷に向かう日程を閣下に伝えると、意外な答えが返ってきた。

「俺も一緒に行くよ」

「……閣下もですか？」

「ドロシー嬢の父上、ミスター・マーシャルと話がしたいんだ」

「そうですか。では、その旨をマーシャル卿に伝えます」

「うん。ありがとう」

わたしは敬礼して、マーシャル家に連絡した。

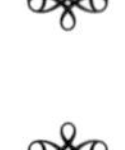

訪問当日。鞄に資料をしっかりと詰め込み、閣下と共にマーシャル家に向かう。保安隊事務局を出たところで、閣下が空を仰いだ。

「天気が怪しいね」

つられてわたしも上を見ると、厚い灰色の雲が空を覆っていた。

「雨が降りそうですね……」

「そうだね。降られる前に急ごうか」

「馬車鉄道で行きましょうか」

「いや、走った方が早いよ」

「――はい？」

耳を疑うことを言われたが、閣下は平然と言う。

「帝都は道が細いしね。馬車鉄道で行くより効率的だよ」

「……でも、わたしは足が遅いので」

「うん。知っている。だから、こうしてっと」

閣下が左手をわたしの腰に回してきた。体を引き寄せられたと思ったら、ひょいとわたしを小脇に抱えた。

あの……どういう状況でしょうか。

「よし。行こう」

閣下が平然と言った。そして、閣下はわたしを抱えたまま猛スピードでダッシュする。

なるほど。わたしを荷物運びするのですね。わたし、小さいですからね。

この体勢であれば、確かに速いですね。前を走っていた馬車鉄道を追い越したので、とても速いです。――でも、乗り心地は最悪だ。

わたしは慌てて鞄を握りしめる。

「か、かかかっ！　閣下！　鞄が、おおお、落ちますすっ！」

「横抱きにしようか？　スピードが落ちるけど」

「しょ、しょしょっ、しょるい！　書類があ！　ドロシー嬢にお渡しする！　書類！　飛ばされますぅぅぅ！」

「もう少しだから、我慢してね」

横を通り過ぎる貴婦人のスカートをひらめかせながら、閣下が帝都を爆走する。窮屈そうに密接して並ぶ、三階建ての赤レンガのアパートメントを通り過ぎ、閑静な邸宅にたどり着く。

「到着」

「わっ！」

閣下が急ブレーキをかけ、体がふわりと上に向かされる。あれよあれよという間にわたしは閣下の腕の中で横抱きにされていた。

「雨が降る前に、着いたね」

にっこりとほほ笑まれ、わたしは鞄を抱きしめながら目を据わらせる。

「ソウデスネ……」

もはや、ツッコむ気にもなれない。

閣下はくすりと笑って、わたしを立たせてくれる。

ひっつめた髪が乱れている。手ぐしで整えなければ。鼻先までズレた眼鏡を直して、ちらりと閣下を見たが、汗ひとつかいていなかった。

「……閣下って、人間なのでしょうか？」

「リア。心の声がダダ漏れになっているよ」

くすくす笑う閣下に、失言だったと気づく。

「申し訳ありません。あまりにも人間じゃなかったので」

「俺は汗をかかないいんだよ。人間じゃないからね」

そう言った閣下は笑顔だったけど、目が寂しそうに見えた。余計なことを言ってしまったのだろうか。気まずくなって、何か声をかけたくて、でもわたしに言えるのはこれだけ。

「閣下はイケメンだから汗をかかないのですね。納得しました」

「えぇっ、そんな理由で納得するんだ」

閣下は噴き出し、腹を抱えて笑いだしてしまった。その瞳には寂しさが残っていない。上機嫌で笑う、いつもの閣下だ。

よかった。つられて、わたしまで笑ってしまう。

「はあ……リアは、可愛いな」

とろけるような笑顔で言われ、恥ずかしくなる。

でも、今は仕事中！

自分に活を入れ、邸宅のドアベルを見た。

「ベルを鳴らしますよ」

「どうぞ」

閣下はうなずき、わたしは鞄を握りしめてマーシャル邸のベルを鳴らした。

ドロシー嬢のお父様、マーシャル卿は黒のスーツを着こなし、お洒落なカフスボタンをする紳士だった。眼光の鋭さはまさに商人といった印象である。

マーシャル卿は慰謝料の金額と期日を確認するよりも、マーカス伯爵家がどうなったのか知りたがった。彼らの刑罰を説明すると、深く息をはき出した。

「分かりました……」

と、一言だけ。納得していないような顔をされたが、これ以上、話すこともないのか沈黙の時間が過ぎていった。

わたしはマーシャル卿の隣で座っていたドロシー嬢に目を向ける。

病的なまでに白い肌に、腰まである長いこげ茶色の髪。長いまつ毛を伏せ、物思いに沈む姿は、精巧に作られた西洋人形のようだった。

ドロシー嬢の顔は浮気男を成敗して慰謝料をもぎ取って、せいせいした！　というものではなかった。

「ウォーカー三等保安士。ミスター・マーシャルと話をしたいから席を外してくれないかな」

不意に閣下に声をかけられ、わたしはうなずく。

「分かりました。ドロシー嬢、わたしとお話をしませんか？」

ドロシー嬢が顔を上げる。伏せられていた瞳は、驚いたようにぱちぱちと瞬きしていた。

「ドロシー、テラスに行ってきなさい」

父親に声をかけられ、ドロシー嬢は立ち上がる。

立つと、体のシルエットが細すぎて、今にも倒れそうな雰囲気だ。

「こちらへ、どうぞ」

小さな声で言われ、わたしはほほ笑みながらうなずいた。

テラスに出ると庭を眺められるアイアンベンチがあった。背もたれが木製で、手すりが蔦の模様が描かれた鉄製だ。

緑の絨毯が敷かれたような庭に、レンガで囲われた横長の花壇がある。花が咲き誇っていた。

テラスから見ると、大地に虹がかかっているようなグラデーションだ。

「美しい庭ですね」

感嘆の声を上げると、ドロシー嬢が目をぱちぱちと瞬きする。

「ありがとうございます……どうぞ、お座りください……」

小さな声で言われ、ベンチに並んで座った。

しばらくの間、ふたりで花壇を眺めていた。今にも泣きだしそうな空なのに、花はきれいだ。

「今回の結果、ご納得いただけなかったでしょうか？」

花壇を見ながら言うと、ドロシー嬢がこちらを向いた。

「えっ……そ、そんなことはありません……慰謝料もあんなに」

「当然の権利ですよ」

ドロシー嬢を見ながらスッパリ言ってみたものの、ドロシー嬢はあいまいにほほ笑んでうつむいてしまう。憂いは晴れていない。視線の先は、花壇に向けられてしまった。彼女の横顔は、どこか昔の自分に似ていた。

——終わったことなのに、まだ苦しい。

割り切れない感情がそこにある気がして、自分を慰めるようにわたしは過去を話した。

「ドロシー嬢。わたし、昔、婚約を解消されたことがあるのです」

「えっ……」

「解消というより破棄、ですね……」

思い出したくもない光景が脳裏をかすめる。一年も経ったのに、口にするのは想像以上に気が重たい。

「……それで、今のお仕事を？」

ドロシー嬢が顔を上げて話しかけてくる。わたしはうなずいた。

「紹介を受けて」

「そうでしたのね……ご立派です」

「必死だっただけです」

へらっと笑うと、ドロシー嬢はうつむいてしまった。

しばらくの間、無言の時間が過ぎてゆく。わたしは黙って、彼女の言葉を待っていた。

「この花壇は、マーカス領にあるものを模倣したものなのです……」

ドロシー嬢はつぶやくように話してくれた。

マーカス領には丘の上に、花畑があるそうだ。とても広く、美しいものらしく、花畑を歩いているると、虹の上を歩いているような気分になれるそうだ。

「デイビット様から話を伺って、いつか花畑を見に行きたいと思っていました……」

寂しそうにドロシー嬢は話を続ける。

「あの方の心は、私からとっくに離れていましたのに……縁が切れても、花が抜けないのです」

そう言って、ドロシー嬢は花畑を見つめた。

彼女は何を見ているのだろう。あったらいいなと思っていた未来の残り火だろうか。ドロシー嬢の気持ちが、わたしには痛いほど分かってしまった。

「庭はこのままでいいと思います」

「え？」

「花に罪はありませんから」

ほほ笑みながら言うと、ドロシー嬢は目を見張った。そして、気持ちをはき出すようにわたしに尋ねてくる。

「あの……ミス・ウォーカーは、その、婚約を解消されて苦しく、なかったですか……？」

「死にたいくらい苦しかったです」

当然のことのように言うと、ひゅっ、とドロシー嬢が息を吸い込む。わたしは右肩をさすりながら、淡々と話した。

「婚約者が他の女性に心を移らせ、わたしは一方的に悪者にされました」

「私と一緒……」

「……そうかもしれませんね」

そう言うと、ドロシー嬢は心の内を吐露してくれた。

「私……ずっと、気づいていたんです……でも、デイビット様がシャロン様を思っていても、私は見ないふりをしました……婚約者がいなくなるというのが恐ろしかったのです……」

ドロシー嬢が鼻をすんと鳴らす。

「周りの友人には、婚約者がいました……その輪から外れたくなくて……外れたら、わたしはひとりぼっちじゃないかって思ってしまって……」

いつの間にか、ドロシー嬢は泣きだしていた。閉じ込めていた思いが、涙となって流れていくように。

「……デイビット様を好きだったから、悲しいんじゃないんですっ……私だけ婚約者がいなくなるのが怖くて……」

「それは、ごくごく当たり前の感情では？」

「えっ？」

なんでもないことのように肯定すると、ドロシー嬢はきょとんとした顔になる。涙が止まり、ぱちぱちと瞬きをしている。わたしはほほ笑んで、花畑を見つめた。

「両親が決めた人と結婚する。そう教えられてきたら、それ以外の生き方をするのは難しいです。わたしが、そうでした」

わたしは肩をさするのをやめた。

「忘れたいことを相手にされました。それなのに、いまだに忘れられません。でも、過去には
できますので」

「過去には……ですか？」

「はい。今じゃなければ、辛くないかなって」

「今じゃなければ……」

ドロシー嬢がつぶやいた時、空から雨が降ってきた。虹のような花壇が雨露に濡れていく。

それでも、花は美しい。

「雨の庭もきれいですね」

そう言うと、ドロシー嬢がうなずく。

「そうですね……このままにしておきたいです」

「それがよろしいかと」

「ミス・ウォーカー」

ドロシー嬢がわたしに呼びかけた。彼女の瞳は涙に濡れていたけど、表情は曇っていない。

「あなたと話せてよかった。デイビット様のことは、過去にしようと思います」

わたしは大きくうなずいて、ドロシー嬢に敬礼をした。

ドロシー嬢の邸宅を出た時、雨は強くなっていた。閣下と共に急いで保安事務局に戻る。閣下はまたわたしを荷物運びしようとしたので、丁重にお断りした。

「閣下。わたしを小脇に抱えようとしないでください。水たまりを踏んで、閣下が濡れます」

「そうだね。じゃあ、馬車鉄道に乗ろうか」

びしょ濡れになりながら、停留所にたどり着く。土砂降りのためか、誰もいない。

ダテ眼鏡を雨粒で濡らしながら待っていると閣下がふと話しかけてきた。

「ミスター・マーシャルにマーカス領を買わないかって、話をしてみたよ」

「皇族領を売却するのですか？」

「うん。皇族領も管理人が必要だしね。それにミスター・マーシャルは帳簿を正確に書く人だ。正しく経営してくれるって、母上も期待している」

「そうですか」

「ま、売却とは言っても、ミスター・マーシャルに返還される七千万ベルクで購入できるし、マーカス伯爵が脱税した分は領地経営者に譲渡する」

「え……それって、つまり……」

閣下がニヤリと不敵に笑う。

「ミスター・マーシャルは伯爵領の良質な小麦が欲しかった。マーカス領は土壌が豊かな農地だしね。それに、経営者が変われば、マーカス領も息を吹き返すだろう」

閣下が目を細める。

「リアが言っていた、農民にお金を返還する方法だよ」

覚えていてくれたんだ。そして、実行してくれている。

これ以上、嬉しいことはない。

「……では、ドロシー嬢も……」

本物の虹の花畑を見られるかもしれない。

彼女が笑顔で虹の上を歩く姿を想像する。うん。いい未来だ。

「マーシャル卿が経営者になるのは、とってもすてきなことですね」

「でしょう？　ろくでもない奴に領地を任せるより、ずっと健全」

「うんうん。本当にその通りです！」

ぐっと拳を握って言うと、閣下が噴き出した。

閣下の陽気な笑顔を見ていると、わたしの心も晴れやかになっていく。

不思議だ。土砂降りで最悪なのに、閣下が笑うと青空の下にいるみたい。

いなく声がして、水たまりを踏みながら、馬車鉄道がやってきた。

お金を先払いし、車両に乗り込む。まばらな人がいる鉄道に揺られ、保安隊事務局に戻ってきた。

一仕事終えて、いい気分。——でもなかった。

「くしゅっ」

気がゆるんで、くしゃみが出てしまった。悪寒で体が震えだし、歯がカチカチ鳴りだす。ぞくぞくして寒い。これは、熱が出るかも。

「リア、大丈夫？」

「だだだ、だいじょうぶ、ぶぶぶ、ででで、ですっ」

「俺の部屋に来て、風呂に入ろう。リアは熱を出しやすいんだし」

「いいい、いや、女子寮にも、ももも、戻りますので、でででっ」

「——ウォーカー三等保安士」

厳しい声で言われて、体の震えが止まる。閣下は目を細めて、眉を吊り上げていた。口元には笑みが浮かんでいるけど、目が怒っている。

「上官命令だ。休め」

「ひぇっ」

閣下は、ひょいとわたしを肩に担いでしまった。慌てて上体をそらすが、足をホールドされているので身動きが取れない。

「閣下！　ちょ、ちょっと、待ってください！」

「待たない」

閣下の肩に手を置いて、顔を上げる。ちょっと閣下の背中を叩いてみた。硬すぎて、びくともしない。それどころか、ずんずん歩く速度は止まらない。むしろ、走り出している。

「閣下！　鞄が飛んでいきそうです！」

「落ちたら、後で拾えばいいよ」

何を言っても恐ろしいぐらい聞き入れてくれない。あまりに速くて、振り落とされないように閣下の制服にしがみついた。

――バタン！

部屋まで来ると、閣下は長い足で扉を蹴りながら開く。

壊れたのではないか。そう心配になるほど大きな音がした。

閣下は無言で風呂場まで行くと、またも扉を蹴っ飛ばしながら開き、わたしを床に下ろした。

わたしの帽子を取り上げ、ワゴンの中に入っていたタオルを掴み、無造作に頭にかける。

「わっ」

タオルまみれになり、隙間から閣下を見ると、うっとおしそうに前髪を指で上げていた。

オールバックの閣下は絵になっていて、どきりと心臓が跳ね上がる。

ドキドキと高鳴る心音を感じていると、閣下はボタンを引きちぎる勢いで深紅の制服を脱ぎだした。

――え？

閣下が深紅の制服を投げ捨てる。びちゃっと水分を含んだ重い音がして、深紅の制服が床で残念な形になっていた。手袋は噛みついて、脱ぎ捨てている。野性的だ。

タイトな黒いシャツと、黒いズボン。そして、輝く銀色の左腕。

義手の姿を見るのは久しぶりで、妙になまめかしく目に焼きついた。

閣下は無言で浴槽にお湯を入れ、へたり込んだままのわたしのもとに戻ってくる。

脚を開いてしゃがみ、迫力のある美貌が目の前だ。

「リア、なんで、頭を拭かないの？」

「……へ？」

眉間に皺を刻んだまま、閣下がタオルでわたしの頭を拭く。

「わっ、わわっ、閣下、タオルが汚れますっ」

「そんなことより、今は体を拭くのが大事でしょ」

でも、染め粉が白いタオルに付いたら、洗濯が大変です。

「早く服を脱いで、風呂に入りなよ」

「うっ、その通りなのですがっ」

「もたもたしていると、俺が脱がせるよ」

美しい顔に、身の毛がよだつほど嗜虐的な笑みが浮かぶ。本当に怖いです。

「……オフロ、ハイリマス」

そう言うと、閣下は満足そうに笑い、脱衣所から出ていった。腰が抜けてしまい、わたしはしばらく呆然とする。

「……くしゅっ」

体が震えだし、我に返った。

「お風呂、入ろう……」

のろのろと動きだし、わたしは服を脱いで湯船に浸かった。

しばらくすると、顔なじみのメイド、アイラさんが脱衣所に来る。

「アメリア様、着替えをお持ちしました。替えのタオルも」

アイラさんはわたしが帝国に来てすぐに看病してくれた方だ。知っている人に似ていて、顔を見るとほっとする。

「……すみません、アイラさん。ありがとうございます」

「いえ、お手伝いいたします」

アイラさんに手伝ってもらい、体を洗い、身支度を整える。ぼーっとしたまま、脱衣所から出ると、タオルで髪を拭いている閣下がそばに寄ってきた。

「体調、悪そうだね……医師に診てもらおう」

そう言って、わたしの手を引いて椅子に座らせる。

「アイラ、宮廷医師を」

「かしこまりました。すぐにお呼びします」

アイラさんと閣下が話しているのを呆然と見つめる。

顔が熱くて、体の節々が痛い。それなのに、肌は粟立ち、悪寒が走ってぞくぞくする。

まいったな。熱が出たかも。

「すみません、おふたりとも……ありがとうございます……」

ぼそりとつぶやき、わたしは目を閉じた。

第4章

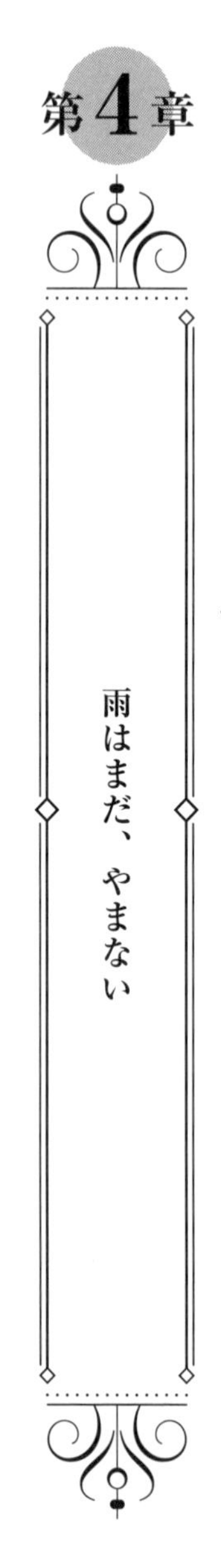

遠雷が聞こえる。

空に厚い雲がかかっていたから、雷を連れてきたのだろう。光が空ではぜ、窓の外が真っ白になった。そして、幕が下りるように、白い世界が消えてゆく。次に訪れるのは、深い闇。

暗闇の中、獣のうなり声みたいな音が近づいてくる。薄ぼんやりしていたわたしの視界も音と共に鮮明になってゆく。パッと、切り開かれたように目の前がクリアになった。

顔を上げると、閣下の執務室ではなかった。

代わりに見えたのは、憎々しげにわたしを見る、婚約者の姿だ。

切れ長の瞳に刈り上げた短髪。緑がまざった茶色(ヘーゼル色)の瞳。

七年間、婚約者だった彼が、わたしを見下ろしている。背後に、わたしではない女性を連れて。彼女をかばうように、守るように立っていた。

なぜ、ここに彼がいるのだろう。ここはサイユ王国ではなく、ルベル帝国なのに。

なぜ、わたしは手錠をされて、彼の前でひざまずいているのだろう。

——ああ、そうか。

これは夢で、わたしの過去だ——。

「セリア・フォン・ポンサール公爵令嬢！　貴様との婚約を破棄する！　理由は分かっているな！」

　正義の鉄槌でも下すように、婚約者が叫んだ。彼はサイユ王国第二王子のブリュノ殿下。彼の背後には、男爵令嬢のリリアンがいる。怯えた様子でわたしを見ていた。

　ピンクブラウンの巻き髪に、大きなイチゴ色の瞳。わたしとは違って、どこから見ても女性らしく、庇護欲をそそりそうな雰囲気の方だ。

　ここは王宮の審問室。玉座は空席で、ブリュノ殿下が陛下の代理として立っていた。

　陛下は三ヶ月前、急に持病が悪化して、起き上がることも難しくなっていた。政治の場に女性が出入りすることは禁じられているので、審問室に妃殿下はいらっしゃらない。陛下が病に臥せっている間は、王太子殿下が国王代理として、貴族議員と国の取り決めをしていた。

　しかし、王太子殿下は今、国内にいない。

　毎年行っている周辺諸国との会議に、陛下ではなく王太子殿下夫妻が出席することになったのだ。帰国するまでの間、宮廷の管理は、ブリュノ殿下と貴族議員に任されていた。

ブリュノ殿下とリリアンの後ろに控え、状況を見守っているモールドール伯も貴族議員の重鎮。財務大臣である父と対立していて、よくない噂がある人物だ。

執務室にいたわたしは、説明らしい説明もないまま、ブリュノ殿下付きの近衛兵によって罪人の枷を手にはめられた。そして、審問室に連れてこられたのだった。

審問室には、裁判官の役割をする枢機卿（すうききょう）の姿は見えないが、近衛隊長はいる。この場がブリュノ殿下の独断で行われたことではないと物語っていた。

「貴様はリリアンに本を贈ったな！」

ブリュノ殿下がわたしを断罪する。

「本に爆弾が仕掛けられていた！　リリアンの代わりに、侍女が被弾したからよかったものの……リリアンはあやうく失明するところだったんだぞ……！」

こめかみに青筋を立てながら、ブリュノ殿下がメッセージカードを床に投げ捨てた。

ひらりと舞ったカードの差出人には、わたしの名前がある。

——でも、違う。わたしではない。

「わたくし……セリア様に贈り物をいただいて、本当に嬉しかったのに……まさかケガをさせるためだったなんて……」

リリアンが震える声で訴えた。大きな瞳に涙を溜めて、顔を覆う。ブリュノ殿下は痛々しそうにリリアンを見つめ、彼女の腰を抱く。そして、彼女を守る騎士のように、わたしをねめつけた。

「私の婚約者だから、このような暴挙に出たのか？　リリアンに嫉妬して、宮廷内で爆破テロを起こしたのか！　傲慢にもほどがあるぞ！」

雷のような声が審問の部屋に響く。

とっさに口を開いたが、出たのは空気のみ。声が出てこない。ぱくぱくと無様に口を開くしかできないわたしに、ブリュノ殿下の形相がますます怒りに満ちていった。

「黙っていれば、罪から逃れられると思うな！　貴様は国外追放だ！　焼きごてを！」

ブリュノ殿下の指示を受けて、衛兵が鉄の棒を持ってくる。先が熱せられた棒は、不気味なほど赤くなっていた。

国外追放。それは『罪人』として他国へ行くことだ。罪人の証として、肩に消えない烙印を押される。

迫りくる鉄棒を見ていたら、足元がパリンと割れて、途方もない闇へ落ちていくような気がした。

身に覚えのないことだ。爆弾入りの贈り物など知らない。わたしではない。そう言いたいのに、全身が震えてしまい、声がのどから出てこなかった。

鉄棒から目をそらし、すがるように殿下を見ても、彼の瞳の中にわたしはいなかった。ひとかけらの信頼もない憎悪の瞳だ。

——そこまで恨まれるほど、わたしは信用されていなかったのか。

彼と出会い、婚約者として過ごした七年間。

少しは育んだと思っていた彼との信頼関係は、すべて幻想だったということか。


いつから、こうなってしまったのだろう。

ブリュノ殿下とリリアンが、ふたりっきりで会っていることは知っていた。宮廷の中庭でふたりがいるところを見かけていたのだ。

リリアンは一年前、功績を認められ王宮入りした植物学者の娘だ。病気がちな陛下の薬を作ると期待されて、王宮アカデミーに招かれた。研究所が宮廷の庭にある。リリアンは父親に連れられて宮廷入りをしたのだった。

そして、ブリュノ殿下はリリアンと出会った。

ふたりが見つめ合うところを遠くから見たことがある。リリアンに対してブリュノ殿下がほほ笑むたびに、気持ちがざわついた。

いつしか、ブリュノ殿下はわたしに見せない顔をリリアンにするようになった。愛しそうに、リリアンを見つめていて、リリアンもブリュノ殿下をうっとりとした表情で見つめていた。誰も寄せつけない、ふたりだけの世界がそこにはあった。

そして、彼らは中庭でキスをしていたのだ。わたしがいることも気づかずに。

その現場を見た瞬間、わたしはとっさに逃げ出した。

見なかったことに、してしまいたかった。

宮廷はリリアンとブリュノ殿下の噂で持ち切りだった。社交の場にひとりで出ると、貴婦人たちに声をかけられたものだ。

『婚約者がいても、若いうちは遊ぶものよ』

『小娘との遊びは、赦してやりなさい』

『セリア様の立場は、婚約者ですもの。その立場は揺るがないですわ』

『ええ、本当に。セリア様は、財務大臣ポンサール公爵の娘ですもの』

助言なのか。それとも同情なのか。扇子で口元を隠しながらささやかれるアドバイスを他人事のように聞いていた。のどがきゅうと締まるほど、心は苦しかったのに。

冷静でいようと思ったのに、兄や使用人たちには息苦しさが伝わってしまっていたようだ。

王太子付きの近衛をしている兄は、たびたびブリュノ殿下を諫めてくれた。

だけど、わたしの見えない所で、兄の体には傷が増えていった。ブリュノ殿下付きの近衛に兄が囲まれているということを聞いて、血の気が引いた。

わたしのせいで、優しい兄を傷つけてはいけない。

わたしは直接、ブリュノ殿下にリリアンとの時間を減らすように言った。ふたりの関係が周囲の人に広まれば広まるほど、殿下の立場も悪くなると思って。

だけど、ブリュノ殿下はわたしを狭量だと一蹴した。

『誰と会うかは、私が決める。おまえが口出しすることではない』

ブリュノ殿下は一度、怒り出すと手が付けられないところがあった。何を言っても、聞く耳を持ってくださらない。その結果、部屋に閉じこもって執務が滞る。わたしは怒らせたらまずいと思い、すぐに謝った。

『差し出がましいことを申しました。お許しくださいませ』

『私に意見する前に、自分の身なりを正すことだな。なんだ、その胸の開いた服は』

『……これは、熱気にあてられてしまったので……』

『言い訳をするな！　下品な胸を晒して恥ずかしくないのか！』

逆に服装を指摘されてしまった。

その時期はとても暑く、わたしは体調を崩しがちだった。

ブリュノ殿下の執務補佐のために、宮廷内外を動き回っていたわたしを案じて、侍女が用意してくれた涼しげな装いを身に着けていた。

普段よりも軽いレース素材のものが首周りに使われていたが、だらしなく見えるほどではない。ブリュノ殿下以外には、涼しくて良いドレスだと褒められていたものだ。

でも、殿下は気に入らなかったのだろう。

わたしが何か言うたびに、彼はわたしのダメなところを指摘する。

強い言葉で叱責され続けて、心がすり減っていった。

自分が悪かったのだろうと思い、もっと頑張ろうと、自分に言い聞かせた。

わたしは王子妃になるのだ。

王太子殿下夫妻を支えていくのだ。

父も、兄も、亡き母も。市民が豊かに、健やかにあることを望んでいて、そのためには王族を守り、支えなければいけないと思っている。

もっと、頑張らないと。

もっと、認めてもらわないと。

――初めて会った時、ブリュノ殿下はほほ笑んでくれたのだから。


父と陛下に紹介されて、花のほころぶ王宮の中庭で、わたしはブリュノ殿下とふたりっきりで散歩をした。わたしが十一歳、殿下が十三歳の時だ。

婚約者となる人だからと、わたしはドキドキしながら手紙を渡した。彼は弱々しく眉を下げて、困ったようにほほ笑んだ。

「ありがとう」の言葉を聞けて、ほっとしたし、浮かれてしまった。

この人を支えていこうと思ったのだ。

でもその後、ブリュノ殿下とは、公的な場でしか顔を合わせることはなかった。

手紙の返事もなかった。

いつも、手紙を送るだけ。来ない返事を淡い期待を抱いて、待っていた。

辛かったけど、今は無理なだけと苦しみは飲み干した。

また、いつか、きっと――ブリュノ殿下はほほ笑みを見せてくださることだろう。

たまに一緒に食事をしたりして。お茶をして。ふたりの時間があって。

ほんのわずかな時間でも、よかったのに。

王命だから——と割り切れるほど、わたしは強くはなかった。

また、いつか、きっと——淡い未来を期待して、婚約者であり続けた。

そうでないと、あまりに惨めだった。わたしという存在自体が、消えてなくなってしまうんじゃないかと思った。

今まで必死で笑みを顔に貼りつけてきたのに、わたしは断罪されている。

やってきたことは、すべて無駄だったのだろう。

——馬鹿みたいだ。

涙を流すことも忘れて、赤く燃えた焼きごてを見ていた。


「——お待ちください！」

不意に、兄の声が聞こえた。声の方を見ると、審問室の扉が開かれている。わたしと同じ黄金の髪を乱し、取り押さえようとする近衛を振り切って、兄がわたしの隣に駆け寄ってきた。

生唾を飲み込み、ブリュノ殿下の前でひざまずく。

「近衛兵第一隊アラン・フォン・ポンサールが申し上げます！　妹は爆破テロを企てるようなことはいたしません！　もう一度、お調べください！」

頭を深く下げた兄に、ブリュノ殿下が近づいた。硬質な靴音が響き、ブリュノ殿下が兄の前に立つ。ブリュノ殿下の表情は、心が凍りつくほど冷たいもの。

――この顔は……許さない時にするものだ。

「アラン……私は発言を許可していないぞ」

ブリュノ殿下は足を上げ、兄の手を靴で踏みにじった。兄の顔が苦痛に歪む。

「っ……不敬は承知の上……ですが、妹は犯罪などできない子です……っ」

「私の周りで爆弾を仕掛けたこと自体が腹立たしいのだ。これは見せしめだ」

「ならば責任は私たち近衛にあります！」

手を踏まれながらも兄は顔を上げた。わたしと同じ、太陽のように燃えている向日葵色の瞳で、ブリュノ殿下に懇願し続けた。

「殿下は一時的に、宮廷を預かっているのみ。王太子殿下が戻ってくるまで、裁きはお待ちください」

「黙れ！　父上が病に倒れ、兄上が不在の今、私がこの国の王だ。焼きごてを！」

「お待ちください!!」

兄がブリュノ殿下を止めようとして、膝を上げる。その瞬間、兄は近衛兵に後頭部を殴られた。

『にいさまは強いから、大丈夫だよ』

そう言って兄は何度も、ブリュノ殿下の叱責からわたしを守ってくれた。

そんな兄が目の前で、近衛兵に囲まれて、いたぶられている。

近衛隊長は止めない。議員も止めない。ブリュノ殿下は当たり前のように見ている。

なぜ？　どうして？　……わたしのせい、なの？

「おやめっ……もう、おやめくださいっ……」

わたしは声を振り絞って、叫んだ。這いつくばるように兄に近づこうとして、後ろに引っ張られる。近衛兵のひとりに、髪の毛を掴まれていた。

もうひとりの近衛に、無理やり、服を引き裂かれる。顕（あらわ）になった自分の肩にぞっとした。

「リアから離れろっ！　離せッ！」

兄が近衛を殴り返し、わたしに近づこうとする。数名がかりで体を押し倒されてもなお、兄はわたしの方を向いている。目は怒りで見開かれ、わたしを助けることを諦めていない。

――ああ、ダメだ。

これ以上は。兄まで、処断される。

「にいさま、だいじょうぶ、です」

わたしは兄を見ながら、震える唇を動かした。無理やり笑みの形を作る。

「……リア？」

兄が動揺して、わたしを見た。

わたしは強くないけど、今だけは兄のふりをしてみよう。

そう思って腹に力を入れた次の瞬間、焼印が肩に押しつけられた。

痛くて、のどから絶叫が出そうになる。けれど、下唇を噛みしめて耐えた。

「リアっ!!」

兄が悲痛な声を上げて、わたしを見る。

わたしはうまく笑えているだろうか。

「だいじょうぶ、です……から……」

「リア、リアッ……やめっ……ちくしょおおお!!」

兄は猿ぐつわを着けられ、また殴られてしまう。

痛みに耐え切れず、ふっと意識が遠のく。

消えゆく視界の中、満足そうに笑うブリュノ殿下とリリアンの姿が見えた。


目を開くと、雨音が聞こえた。

外は嵐なのか、雨が窓ガラスを叩いている。風も強く、窓が震える音だけが薄暗い室内に響いていた。目を凝らすと、カントリーハウスの一室だと気づく。一階の客間だ。誰もいない。

どうやらわたしは、領地に来ているらしい。

ソファに寝かされていたようだ。体を起こすと、肩口が引きつったように痛んだ。

そうだった。わたしは烙印を押されたんだ。

寝間着の隙間から、包帯が見える。烙印の傷から化膿しないよう、手当てされたのだろう。

兄も領地に来ているのだろうか。兄のケガは大丈夫だろうか。

わたしはソファから立ち上がって、静かすぎる部屋を出た。

廊下に出ると、誰もいなかった。

一歩、部屋から出れば、顔なじみの侍女や、使用人がいるのに、今はもぬけの殻。不気味に思いながら、光が漏れた部屋に近づく。

「アラン……ブリュノ殿下の不興をかったそうだな……」

部屋から父の声がした。びくっと体が震え、わたしは扉の前で立ち止まった。

「ですが、父上。殿下の行為はあまりに一方的です。取り調べもせずに焼きごてをあてるなど！」

「……おまえの気持ちは分かる。だが、ブリュノ殿下は今、宮廷を預かる身だ」

「陛下の代理というなら、余計に殿下を許せません！」

「アラン……」

「審問の場に、モールドールがいました。国外追放の烙印は、法務大臣の許可もなければ使えないもの。モールドールと法務大臣がブリュノ殿下をそそのかし、リアを貶めたはずです！モールドールはかねてより、父上の財務大臣の座を妬んでいました！　俺は！　奴が高笑いしながら、ポンサール家はおしまいだという言葉を聞いたんです！」

「それが事実だとしても……証拠にはならん」

父の深いため息が聞こえた。

「家族の発言は証言として認められぬ……おまえも分かっているだろう……」

「っ……そうですがっ」

「……ブリュノ殿下はリアに囚人服を着せて、平民の前にさらし、見せしめにしながら流刑にしろと命じられた……おまえも近衛を除隊にすると言われたが、話がまとまった」

「話がまとまった……どういうことですか？」

「私は宮廷を去る。代わりにリアの見せしめと、おまえの除隊はなしだ」

「……っ！　俺は宮廷に残れと言うのですか……」

「ポンサール公爵家の次期当主として、王太子殿下の治世はおまえが支えろ」

「……父上が財務を立て直すのではないのですか……」

兄の声が悲痛なものになる。

「……サイユ王国の財務は赤字が続いています。前財務大臣のモールドールが国の財政をめちゃくちゃにして、それを父上は立て直そうとしていたじゃないですか……陛下と、共に……父上がいなければ、財務の立て直しは……！」

「セリアは烙印を押されたんだぞ！」

父の怒号が飛んだ。寡黙で、穏やかな父のそんな声を聞くのは、初めてだ。

「っ……セリアが爆破テロを起こしたなど、私も思っておらんっ……あの子はやらない！　あの子ではないっ！」

「父上……」

「……だが。烙印を押されて、尚、辱めを受けさせることなど、できんだろう……？」

父の苦渋の声が聞こえ、部屋が静まり返る。

「あの子は、この国にいない方がよい……よいのだ……！」

感情を押し殺すような父の声を聞いて、呆然としたまま、ふらりと片足を後ろに引いた。

わたしのせいで、とんでもないことになった。わたしのせいで、父は長年の夢だった財政改革ができなくなる。わたしのせいで――。

足元がぐらついて、腰が抜けた。へたりこんだままでいると、扉が開く。

「リアっ」

兄が悲痛な顔で駆け寄ってくる。兄の背後に見えた父は、瞠目（どうもく）していて、声をかけてはくれなかった。

「リア、起きたんだね」

兄は優しい声で話しかけてくる。

「まだ体が痛いだろう？　ソファに戻ろう」

そして、わたしの体を軽々と持ち上げてしまう。兄はわたしを横抱きにして廊下を歩き、部屋の扉も片手で開いた。ソファに降ろされた後、兄はわたしの頭をなでた。兄の手は、わずかに震えていた。

「にいさま……ケガは……」

「ん？　……ああ、にいさまは強いから、大丈夫だよ」

静かにほほ笑まれ、眉根をひそめた。兄の目はうつろで、光がない。無理して笑っているようだ。

「大丈夫だよ。リアが無実だって、みんな分かっている」

兄はわたしの頭から手を離し、胸ポケットからメッセージカードを取り出した。ブリュノ殿下が投げ捨てたものだ。

ぐしゃぐしゃに踏みつぶされたカードを持つ兄の手が震えだす。

「この字は、リアのじゃない……誰がなんと言おうと、リアの字じゃない……っ」

眉間に皺を刻みながら、兄がわたしを抱きしめた。いつもわたしを守ってくれた兄の体が泣いているように小刻みに震えていた。

「くそっ……王太子殿下がいれば……こんなことにはっ」

兄の言葉に胸が震え、涙がこぼれそうになった。行き場を失った思いが、わたしの体の中で暴れだす。はき出せたらいいのに、思いは言葉にならない。

わたしは、どうすればよかったのだろう。

「にいさま……」

呼びかけると、兄はパッと離れた。

「ごめん……守れなくて……」

切ない顔をされて、耐えていた涙の雫が頬をすべっていった。

にいさまのせいではない。悲しい顔をしないで。

そう言いたいのに、わたしは首を横に振るだけで精いっぱいだった。

国外追放は二週間以内に出立しなければいけない。出立が延びれば、罪人の家族まで罰せられる。

わたしは急いで国を出ようと兄に言った。それぐらいしか、できることがない。

「……分かった」

兄は苦渋に満ちた顔をして、わたしを抱えた。


雷鳴が轟く嵐の中、兄がわたしを抱えて馬を走らせる。半日かけて、船着き場に来た。

兄は町長に話を付け、船乗りを探してくれる。町長は、突然の来訪に驚き、詳しい話を聞きたがった。

「アラン様。……いったい、何が起きたのですか」

「詳しい話はできない。リアを帝国に行かせる船を探している。誰か出せる者はいないか？」

「この嵐では……とにかく、船員組合に話をしてきますので」

「その場に俺も行かせてくれ。父上から依頼書も預かっているっ」

わたしをかばいながら、兄はギルドに向かい、組合長と話を進めていた。組合長は渋い顔をしていたが、浅黒い肌の男たちが手を挙げた。

「アラン様、儂らが船を出します。お嬢様を帝国に連れていけばよろしいのですね」

「ああ……君たちは」

「他国からの移民です。儂はオリバーと言います。帝国までの航路は知っています。まあ、船はちいせえですが、必ずお嬢様を帝国まで送り届けます」

船長をはじめ、同じように浅黒い肌の船乗りたちがうなずき合う。

「……妹を頼む」

兄は胸に手をあて、小さく頭を下げた。兄の姿に船長は仰天する。

「儂らのような者に頭なんぞ、下げないでくだせえ！　おい、おまえら！　出航準備だ！」

慌ただしく準備をする中、兄が染め粉と、一袋のお金を持たせてくれた。

「リア。髪を染め、容姿を変えて、帝国へ行くんだ」

「帝国へ……ですか？」

「帝国にデュランという男がいる。帝国に留学した時、出会った末皇子だ。アラン・フォン・ポンサールと言えば、あいつも分かるはずだ。帝国の皇后陛下と父上は知り合いだし、きっとよくしてくれる」

兄はわたしの頬をなでると、切なくほほ笑む。

「リアは帝国で生き延びるんだよ」

「にいさっ」

「アラン様！　準備ができました！」

船長の声を聞いて、兄はぐっと深く眉に皺を寄せる。

「船を出してくれ！」

兄はわたしを見ずに言った。

「お嬢様、船室はこっちです！」

船長に案内され、後ろ髪を引かれる思いで兄を見た。

最後まで、兄はわたしを見ようとしない。雨に打たれながら耐える姿に、胸が痛む。

「にいさまっ！」

船に乗り込む前、呼びかけた。兄が目を開く。わたしを見て、泣きそうな顔になっていた。

兄の足が一歩、前に出て、止まった。

今すぐ駆け寄って、兄を抱きしめたい。それが叶わないのなら、せめて、せめて、感謝を。

言葉を出そうとした時、ひときわ大きな雷鳴が聞こえた。体が震え、言葉は消えてなくなる。

「お嬢様！」

また船長に呼ばれ、わたしは口を引き結んで、船室に向かった。


船室は小さかった。船長はわたしにタオルを渡すと、すぐに部屋から出ていった。

わたしはタオルを握りしめたまま、ぽつりとつぶやく。

「……髪を染めなきゃ……」

兄から渡された染め粉をスカートのポケットから取り出す。

手入れの行き届いた髪では、お金がある人だと思われ、強盗に遭いやすくなる。頭ではそれが分かっていたから、わたしは染め粉を濡れた髪に付けた。

家族と同じ、金髪を隠していく。こげ茶色に髪が染まっていくと、家族とはもう二度と会え

ないのだろうと思った。

「にいっ……おとうっさまっ」

悲しくて、辛くて。わたしは泣きじゃくりながら、髪を染めた。

わたしの声をかき消すように、雨の音が船室に響いていた。

わたしは、ひとりになってしまったんだ。

その現実に、打ちのめされていた。


髪を染めて船室のベッドの上で膝を抱えていると、船長が部屋に入ってきた。わたしに食料を分けてくれる。缶詰と干し肉と角砂糖だ。

船長はわたしに缶切りを貸してくれ、缶詰の開け方を教えてくれた。もたもたしながら、初めて缶を開ける。中身はイワシの油漬けだった。生臭い。

「ははは、ひどい匂いですか、お嬢様」

「あ……ええ……」

「こんなものしか船には置いていません。食べてください」

にっと笑った船長を見ながら、こくりとうなずく。

お腹は減っていなかったけど、無理やりイワシの油漬けを食べた。美味しくはない。口がへの字になってしまった。

船長はうんうんとうなずきながら、わたしの食事を見守ってくれる。

「船長！」

そこへ、船員のひとりがびしょ濡れになりながら、部屋に転がり込んできた。

「ああ？　どうした？」

「船底に穴が開きました！」

「なぁぁぁぁにぃぃぃぃぃ！」

船長は叫びながら、船員と共に部屋から出ていった。窓の外を見ると、高波が船を襲い、甲板に置いてあった樽が転がって、波にさらわれていた。

「水をかき出せ！　土嚢(どのう)を詰めろ！」

船員たちの声と足音が響いている。船が大きく揺れ、わたしは柱に掴まる。

このまま沈没してしまうのだろうか。

不安になって部屋から飛び出すと、船長に怒鳴られた。

「お嬢様は、船室にいてくだせえ！」

「でも……わたしも水をかき出します！」

「お嬢様は、足手まといだ！」

船長はわたしに叫んだ後、にっと笑う。

「船のことは船乗りに任せといてください！　絶対、お嬢様を帝国まで届けます！　領主様との約束ですから！」

豪雨に打たれながらも船長は叫んだ。

「海の男は！　約束を絶対、守るんですッ！　おい、野郎ども縄を引け！　ここが正念場だ!!」

船長の号令で船員が動きだす。荒波が甲板まで押し寄せ、人が流されそうになる。わたしは巻き込まれる前に、船室に戻った。


「うっ……」

船が揺れ、気持ちが悪い。胃の中がぐるぐるする。わたしは部屋にあった桶にはきながら、朝を迎えた。

おぼつかない足取りで、甲板に出る。疲れ果てた船員が、いびきをかいて寝ている。嵐は去っていて、穏やかな海の上を船は進んでいた。陸はまだ見えない。

朝靄の中、水平線から太陽が昇ってきた。青い海面に、真っ直ぐな光の道ができていく。その光景があまりにも美しくて、わたしは見惚れてしまった。

「くわっ……ああ、お嬢様、無事ですか？」

船長が大あくびをしながら、わたしに近づく。うなずくと、船長はにかっと笑った。

「嵐が去った後の海は、きれいでしょう？」

「……そうですね」

「儂の女房の若い頃にそっくりですわ！　がははは！」

船長は大笑いをして、太陽を見ながら言う。

「儂は学がねぇから、難しいことは分かんねえです。だけど、お嬢様。生きてさえいれば、いいことはありますよ」

そう言って、船長は人差し指と中指をクロスさせた。知らないハンドサインだ。

「それは……？」

「グッドラックって意味のサインですわ」

「幸運を……ですか？」

「儂の出身は、はるか遠い大陸の地でしてね。そこでよく使われていたサインです」

「そうだったのですね……」

「王国にくりゃ、夢のような金が手に入るって言われて、儂は仲間たちと船に乗ってきたんですよ。まあ、すっかり騙されましてね。儂らは奴隷として、物のように売られたんです」

船長は太陽に向かって、ハンドサインを向ける。

「奴隷として一生こき使われるって思っていたら、なんとまあ、ポンサール領主様は儂らにも戸籍をくれました。浅黒い肌の儂らを差別することもなく、ひとりの領民として認めてくれた。嬉しかったですねえ」

船長の話は、わたしが生まれる前の出来事だ。

父が領主になったばかりの頃、安い労働力を得ようと奴隷貿易が盛んだった。名前を持たず、ナンバーだけで呼ばれていた異国民を、父は領民として扱えるよう、戸籍登録したのだ。

戸籍は身分証となり、航海がしやすくなる大切なもの。後にサイユ王国では、奴隷貿易は全面的に禁止となっている。

「儂らは、あの時の恩返しをしたかった。領主様の頼みとありゃ、なんでもやりますわ。がははは！」

船長の大笑いが朝焼けに響く。眠っていた船員は目を覚まして、海を見て歓声を上げた。

「おっしゃあ！　嵐を抜けたぞ！」

口笛を吹いて、喜ぶ船員たち。

「喜ぶのは、まだ早いぞ！　帝国まで気を抜くな！」

「アイアイサー！」

陽気な返事が聞こえ、船員たちは持ち場に戻っていく。

嵐の爪痕が残っているというのに、誰も悲嘆に暮れていない。陽気に歌いながら、船を進めてくれる。その姿が、胸を打った。

今、わたしが船にいられるのは、父の功績と、彼らの思いだ。ポンサール領にいた人々がわたしを生かす道を作ってくれている。太陽が作る道のように、真っ直ぐな思いと共に。そう思うと、無性に泣けてきた。

「ああ、見えてきましたね。帝国です」

水平線に島が現れる。白い崖が見え、港湾が近づく。

サイユ王国より、はるかに機械化が進んだ国。ルベル帝国。

この国で暮らすという実感が、まだ湧かない。

呆然と海を見ていると、船長は表情が隠れるフード付きローブを持ってきてくれた。

わたしはローブを身に纏う。

じっと白い崖を見ていると、船が港に着いた。

積み荷の確認をされ、港の警備員が船長に尋ねる。

「ん？　そこにいるのは誰だ？　来航者リストに載っているか？」

警備員は、わたしを見て不審がっている。わたしは胃が痛くなるのを感じながら、うつむいた。

「がははは！　そんな細けえことは気にするな！　儂とブラザーの仲じゃないかっ」

船長が不意に警備員と肩を組んで、くるりと後ろを向かせた。警備員が顔をしかめる。

「私と君は、顔見知りではないぞ？」

「がははは！　目が合った瞬間から、儂とおまえはマブダチだ！」

船長の声を呆然と聞いていると、船員のひとりがわたしに耳打ちした。

「今です。あっちに帝都へ行く道がありますよ」

船員がグッドラックのハンドサインをする。背中を向けた船長も、わたしに向かってグッドラックのサインを送ってくれた。わたしは泣きそうになりながら、小さく腰を落とした。

「――ありがとう」

わたしは教えられた道に向かって走り出した。正規の入国ではない。でも、彼らの思いが、わたしの足を動かしていた。

がむしゃらにひとりで走る。悲しくて、悔しくて。涙が出てきた。

「ごめんなさいっ……ごめんなさい、ごめんなさい、ごめんなさいっ……」

わたしが公爵令嬢として暮らせたのは、領地の人々がいたからだ。わたしは彼らに育ててもらい、恩返しができないまま、帝国へ行く。

だから、せめて。

これから先、どんなに辛くても自ら命を捨てることはしないでおこうと思った——。

第5章

今は泣いてよ

「ごめんなさい……」

つぶやくように言うと、返事があった。

「……どうして謝るの？　リアは何も悪くないよ」

優しく心地よい声だった。兄だろうか。

まぶたを持ち上げると、太陽のように輝く金髪は見えなかった。代わりに見えたのは、白皙の美貌。心配そうにわたしをのぞき込む紅い瞳だ。

「閣下……？」

呼びかけると、ほっとしたように紅い瞳が優しくなる。

「リア……調子はどう？」

ひたいに冷たいものがあたっていた。閣下の義手だろうか。

「体が熱いです……」

「そう……熱が出ているんだよ。医者に診せたら、風邪だって」

閣下がわたしのひたいから義手を離した。精密に作られた銀色の指が離れていく。

「……あ」

「ん？　どうしたの？」

「いえ……」

もう少し触ってほしかった。冷たさが恋しくなり、唇を引き結ぶ。

「リアは椅子に座ったまま寝ちゃったんだよ」

「そうですか……」

あたりを見回すと、可愛らしい小花柄の壁紙が見えた。家具はベッドとサイドチェスト、執務机しかなく、がらんとしている。

閣下の執務室の隣にある空き部屋だろう。体調を崩すと、いつもこの部屋に運ばれて介抱してもらっている。

「お手数をおかけしました……」

わたしは上半身を起こす。

「もう、歩けるので女子寮に戻りますね」

ここにいたら、甘えてしまいそうだ。

無理やり笑顔を作って言うと、閣下の眉根が苦しそうにひそめられる。

「まだ、歩けないでしょ。今日はここで休みなよ」

「……でも」

「しっかり休んで、体調を万全にするのも保安隊の務めだよ」

そう言われてしまっては、ぐうの音も出ない。わたしは小さく背中を丸める。

「リア。のど、渇いたんじゃないの？」

閣下がベッドサイドのチェストに置いてあった水差しを握る。陶器のマグカップに水を注ぎ、わたしに差し出す。指をかけるマグカップのハンドルが、わたしの方に向いていた。

「あ、ありがとうございます」

ハンドルに指をかけ、両手でマグカップを受け取る。ひとくち飲むと、渇いたのどに冷たい水が沁みていった。美味しい。

ほうと息をはき出すと、次に閣下は白い紙に包まれた粉薬を差し出す。

「はい、次は薬ね。あーん」

三角形に折られた包み紙を指でつまみながら、閣下がわたしの口元に薬を近づける。

「自分で、飲めますよ？」

「俺が飲ませたいんだよ。はい、あーん」

顎をくいと指で持ち上げられ、包み紙が唇にあたる。閣下のにこにこ顔を見たら、抵抗する気にもなれない。流されるままに、わたしは口を開いた。

さらさらと舌に苦い薬がのる。

全部、口に入ると持っていたマグカップを唇に付けた。水を飲んで、薬をのどに流す。

ふうと息をはき出すと、閣下は手の中のマグカップをするりと抜いた。マグカップをチェストに置くと、閣下は優しい声で言う。

「この後、アイラが来てくれるから、苦しくなったら彼女に言うんだよ。俺は仕事に行ってくるね」

「あ……」

そう言って、閣下が椅子から腰を持ち上げる。

とっさに声を出し、閣下の制服の端を指で掴んだ。閣下が目を丸くして、わたしを見る。

なんで、こんなことをしちゃったのか。自分でもびっくりだ。

「あ、あのっ」

何か言わなくては。そう思うのに、言葉が続かない。それなのに、制服は離しがたかった。

「行ってほしくないの？」

嬉しそうな声で言われ、びくりと体が震える。

恥ずかしい。これでは、まるで駄々っ子だ。

「少々……」

「しょうしょう？」

わたしは上目遣いで閣下を見た。きっと、情けない顔をしている。

「……怖い夢を見たので……」

小さい声で言うと、閣下は目を見張った。紅い瞳が揺れている。動揺していそうだ。わたしは落ち込みながら閣下の制服を離した。

――幻滅されたかも。

仕事に行かないで、そばにいて――なんて言うのは、めんどくさい女だろう。元婚約者は、甘えるような態度をすると、とても嫌がっていた。

いくら昔の夢を見て、気弱になっていたとはいえ、同じことをしてしまうなんて、わたしは馬鹿だ。いつもの調子に戻らなくては。

ほら、笑うのよ。笑ってしまえば、悲しみは心の奥底に隠せるから。

わたしはへらっと笑って、閣下に言う。

「すみません。もう大丈夫です。お仕事、行ってきてください」

自分でも、うまく笑顔を取り繕えたと思う。これ以上、閣下の負担になってはいけないのだ。

それなのに、閣下の表情が曇っていく。今にも泣きだしそうな曇天のように。

「リア……苦しい時は、苦しんでいいんだよ」

「え……」

閣下の義手が頬にあたる。冷たさが、顔に集まった熱を吸い取っていく。

「泣きたい時は、泣きなよ」

諭すような声で言われて、体が震えた。

「なんで、そんなこと……」

「……泣きたいって、顔しているよ」

銀色の義指がわたしの涙袋を優しくなぞる。その拍子に、涙がぽろりとこぼれ落ちた。

泣くなんて最悪だ。甘えるよりタチが悪い。

「す、みまっ……せん……」

閣下の義手から逃れ、顔をそむける。両手で顔を覆い、嗚咽が漏れそうな唇を引き結ぶ。

おかしい。涙が止まらない。なんで？　どうしてよ。止まれ、涙！　泣く時は、ひとりの時って決めたでしょ！

「リアっ」

閣下がわたしの両手首を掴んだ。強引に顔を暴かれる。泣いているのはわたしなのに、閣下まで傷ついた顔をしていた。

見ていられなくて、わたしは目をつぶって叫ぶ。

「や、見ないでくださいっ」

「なんで……」

「へんな顔、してるからっ！」

声を振り絞って言った瞬間、ぐっと体を引き寄せられた。閣下の胸におでこがあたり、腰のあたりに手を回される。

「へんな顔じゃない……こんな時まで、頑張らなくていい！」

閣下の言葉に、びくっと体が震えた。強張っていた体から、力が抜ける。手がだらんと下がり、閣下に抱きしめられたままになる。

身動きがとれなくて少し苦しかった。

それなのに、ひどく安心する。

「泣き顔を見られたくないなら、俺は目をつぶるから」

すがるような声で言われてしまい、涙があふれては、頬をすべっていく。

「今は泣いてよ。リア……お願い」

どうして、閣下はこんなにも優しくしてくれるのだろう。

答えを聞きたいような。でも、知りたくないような。

知ったら、関係が変わってしまいそうで、今は怖い。

「泣くのまで我慢したら、リアの心が壊れちゃうよ……」

閣下は抱擁を少し、ゆるめた。声が、優しかった。

「リアはさ……いつも頑張っているんだから。いいんだよ。泣いたって」

鋼鉄の腕がわたしの背中をなでてくれる。

そんなことをされたら、涙を止められない。

視界も、気持ちもぐちゃぐちゃになりながら、わたしはしゃくり声を上げる。

「……泣いたらっ……めんどくさく、ないですか……？」

たどたどしく言うと、閣下の手が止まる。

「嫌いにっ……ならないですか……？」

閣下にまで嫌われたら、どうしていいのか分からない。嫌われるのは、たまらなく怖い。

ばっと、急に閣下がわたしの両肩を掴んで、距離を取る。

びっくりして顔を上げると、閣下の眉がひそめられていた。目は見開いて、怒りに燃えているかのよう。

「俺は、あいつとは違う」

「……へ？」

わけが分からなくて、ぱちぱちと瞬きをする。閣下は嘆息すると、もう一度、ゆるくわたしを抱きしめた。

甘えるように、わたしの肩に顔をうずめる。

「どんな表情のリアも可愛いよ」

「……え？」

「だから、嫌いになるとか考えなくていい」

ゆっくりと背中を上下する手つきは、優しいものだ。

閣下の言葉と、ぬくもりが心に沁みて、ひどく安心する。

「……はい。ありがとうございます」

震える手で閣下の背中に手を回して、制服を握りしめる。

我慢していた分をはき出すように、わたしは声を上げて泣いた。


——泣きすぎて、頭が痛い。

目が腫れたようで、顔だけが熱い。ぼーっとする。

それなのに、心は軽い。鉛を出したかのように、すっきりしていた。

「リア、水を飲む？」

「あ、い」

ガラガラになった声で返事をすると、閣下がくすりと笑った。

またマグカップを渡されて、一気に水を飲み干した。

水が大変、美味しい。

泣いていた時、閣下はずっと抱きしめていてくれた。泣き止んだ後も、ただこうしてそばにいてくれる。会話らしい会話はないけど、安心する。落ち着く。

ほほ笑む閣下をぼうっと見ていると、部屋の扉がノックされた。

閣下が椅子から腰を持ち上げ、扉に向かう。閣下を目で追っていたら、メイド服の女性が銀のワゴンを押してやってきた。アイラさんだ。

「アメリア様のお食事をお届けいたしました」

「ご苦労さま」

閣下の横を通り、アイラさんがベッドに近づく。わたしを見ると、アイラさんの眉根がひそめられる。

「アメリア様、食事は召し上がっていただけますでしょうか」

「あ、はい」

「大変、汗をかかれています。先に体を拭かれた方がよろしいかと存じます」

淡々とした声で言われて、こくりとうなずいた。

「アイラ、リアのことは任せたよ。俺は、保安隊事務局に顔を出してくる」

「承知いたしました」

閣下が軽く手を振って、部屋を出ようとする。わたしは慌てて、閣下に言った。

「閣下！　あのっ……ありがとうございました！」

そう言うと、閣下は目を細めて笑う。そして、部屋を出ていってしまった。

扉が閉まるまで、じっと見つめていると、視界にアイラさんが割り込む。

こげ茶色の髪をアップにしてメイドキャップをしたアイラさん。表情が変わらないせいか、ペーターさんに似ている。

「体をお拭きいたしましょう。失礼します」

洋服を脱ぐのをアイラさんが手伝ってくれた。銀のワゴンの下段にはお湯が入ったボウルがある。アイラさんが白いタオルをボウルに浸して、固く絞り、わたしの体を丁寧に拭いてくれる。

「スープを召し上がりますか？」

「ええ……」

体を拭き終わって、洋服を着ると、鮮やかな黄色のかぼちゃスープを用意してくれた。ベッドの上でも食べられるようにローテーブルがわたしの前に置かれる。

「ありがとうございます」

アイラさんは頭を下げると、ベッドから距離を置いた。控えている姿を見ると、まるで公爵家に戻ってきたみたいだ。

懐かしさと、切ない思いで、かぼちゃのスープを見つめる。

「いただきます」

祈りを捧げ、わたしは陶器のスプーンを手に取った。


食べ終わって、ぼんやりしているとアイラさんが食器を片付けてくれる。

「アメリア様、寝ましょう」

「え……？」

アイラさんがずいっと真顔を近づける。

「疲れた時は、寝るのが一番です」

淡々と言われて、わたしはこくこくとうなずく。アイラさんは鮮やかな動きで、わたしの体を横にして、ふんわりとした布団をかけてくれる。

「寝ましょう」

念押しされて、わたしはベッドの中でくすりと笑ってしまった。本当に公爵家にいた侍女、オネットみたいだ。

「はい。寝ます」

アイラさんは満足そうにうなずくと、銀のワゴンを押して部屋から出ていってしまった。

ひとり残されたわたしは、ふかふかの布団の中で横になる。いつもは胎児のように丸くなって、自分で自分を抱きしめないと落ち着かないのだけど、今日はこのままの体勢で眠れそう。うとうとしていたら、自然とまぶたが下がっていった。

夜になると閣下が戻ってきてくれて、疑似ロウソクの灯る部屋で夕食を一緒に食べた。閣下は皿にのっていたニンジンのグラッセを見て、乾いた笑みを浮かべていた。それに笑ってしまう。よほど、ニンジンが嫌らしい。

スープ一杯でお腹が満たされてしまったけど、心は明るかった。

まだ体調が戻らないからと言われて、夜はこのまま部屋で眠ることになった。

薬のおかげか、すぐうとうとして眠ってしまった。

夢の中で、冷たいものがわたしのひたいにあたった。とても気持ちよくて、このまま身をゆだねていたくなる。閣下みたいだ。

夢の中まで頼ってしまうのが、なんだか気恥ずかしい。でも、夢だから素直に甘えたくもなる。

「閣下……」

「……無防備に甘えてくれるの？　いつもそうすればいいのに」

冷たいものにすり寄っていると、ひたいと頬に柔らかいものが触れる。くすぐったくて身をよじると、くすりと笑う声がした。

「可愛い、リア。もっとイタズラしたくなる」

不穏な空気を感じて、ぞくぞくする。熱が上がったのだろうか。でも、起きる気にはなれない。このまま、冷たい優しさに包まれて惰眠を貪りたい。

その日、わたしはぐっすりと眠り、悪夢は見なかった。


翌朝には熱が下がっていたけど、念のために保安隊の勤務はお休みになった。

暇を持て余してしまい、わたしはアイラさんに本を読ませてほしいとねだった。

「なんの本がよろしいのでしょう？」

「できれば、ルベル帝国の税務について、歴史が分かる本がいいです」

「……税務でございますか」

「はい！」

前のめりになって言うと、アイラさんはしばし無言になった後。

「承知しました」

そう言って、部屋から出ていった。しばらくして、分厚い本一冊と、数冊の雑誌を持ってきてくれた。

「ルベル帝国の建国記に、それらしいものがありました。あと、こちらは経済学者の雑誌です。五年分の蔵書がありましたのでお持ちしました」

「わっ、わっ、ありがとうございます！」

わたしは嬉しくて、声を出す。

アイラさんが少し口角を上げる。

「夢中になりすぎませんように」

そう言って、アイラさんはまた壁の方に控えた。

わたしはベッドの上で、本を読み耽った。


遠くから、音楽が聞こえる。

優雅な調べだ。ワルツだろうか。

ポロロンと水の上を跳ねるようなハープの音が聞こえ、ホルンの低音が響きだす。オーボエが曲の始まりを伝え、すべての楽器の調べが合わさり、曲が盛り上がっていく。

「わたしの好きな曲だ……」

兄と一緒にダンスを練習した時に流れていた曲と同じだった。

誘われるように顔を上げると、窓の外は真っ暗になっていた。

わたしは本を閉じ、目を閉じる。耳を澄まして、音楽を聞いていると、部屋の扉が開く音がした。

目を開いて扉の方を向くと、閣下の姿が見える。アイラさんは頭を下げて、退室していった。

「リア、調子はどう？」

閣下が笑顔で近づいてくる。ほっとして、顔がふにゃっとした笑顔になった。

「おかげさまで、すっかりよくなりました」

「そう、それはよかった」

閣下はじっとわたしを見つめてくる。優しい眼差しで、わたしがとろけそうになる。恥ずかしくて、わたしは下を向きながら、閣下に話しかけた。

「舞踏会でもやっているのですか？」

「ん？　ああ、そうだね。今日は金曜日の夜だから」

「金曜日は舞踏会の日でしたか？」

帝国に来てからずいぶんと経つが、初耳だ。

「二番目の兄が、芸術家でね。金曜日の夜に、夜会を開くことが多いんだ」

「……そうだったんですね」

閣下には五人の兄がいるけど、誰とも面と向かって話したことはなかった。全員、結婚されていて皇太子殿下には三人のお子さんまでいる。

そういえば、閣下には婚約者はいなかったはずだ。社交の場に出ないのだろうか。

「……閣下は舞踏会に出られないのですか？」

「え？　なんで？」

心底、不思議そうな顔をされて、オロオロする。

「あの……その……閣下もお年頃ですし」

社交の場に出て、妻探しをしてもよい年齢だ。

と、言ってから、嫌な気持ちになった。閣下の隣に女性がいて、エスコートしているシーンを想像すると、もやっとする。

「お年頃ねえ……」

閣下の表情が一瞬、昏いものになる。でも、すぐに明るい笑顔になった。

「踊りたい相手がここにいるのに、出ても仕方ないでしょ？」

「え……？」

「リアはダンスがうまい？」

「あ、うまいというほどでは……実践経験はあまりなくて……兄となら……少しだけ」

ブリュノ殿下とは、結局、踊ったことはなかった。

壁の花になっていた時を思い出して、また過去に心が引きずられそうになる。

「……アランとだけ、踊ったの？」

「え？　……はい」

閣下が神妙な顔で尋ねる。わたしが首をひねると、閣下は右手を胸にあてて、腰を曲げる。

「リア、俺と踊ってくれませんか？」

かしこまった挨拶をされ、わたしは首を横に振る。

「最後に踊ったのは、ずいぶん昔です。閣下の足を踏んでしまいそうです」

「ははは、大丈夫だよ。リアが足を踏む前に避けるから」

「え、」

閣下がニヤリと笑う。

「反射神経はいい方だし」

確かに。閣下なら、するっと避けそう。

いやいやいや、でもダメだ。

「着ているのは、パジャマですし！」

「パジャマでもいいよ。誰も見ていない」

確かに、誰もいない。窓の外に月が見えるくらいですね。

言い訳を考えている間に、閣下が手を差し出す。

「踊ろう、リア」

甘えたな声を出されて、反論できなかった。閣下のこの声に、わたしはとても弱い。言うことを聞きたくなる。

「……少しだけなら」

体をベッドの横に向け、床に置いてあったかかとのない革靴を履く。おずおずと閣下の手に自分の手を重ねた。

指を掴まれ、引き寄せられるみたいに立ち上がる。手を繋いだまま、わたしたちは部屋の真ん中に行き、向かい合わせになった。ちょうど曲が終わり、次の曲が始まる。

「いいタイミング」

わたしたちの手は一度、離れた。閣下が胸に手を置いて、小さくお辞儀する。わたしも同じタイミングで礼をする。

最初はお互いの片手を軽く触れ合わせて踊るのかしら？　ダンスレッスンで習ったことを思い出していると、閣下がわたしの腰に手を回してきた。

大胆な触れ方で、腰が引けた。でも、逃すまいとでも言いたげに、閣下に腰をがっちりホールドされてしまった。

曲が始まったが、わたしは棒立ちだ。

「あ、あのっ……閣下……わたし、この踊り方は知らなくて……」

「俺の足に合わせて、くるくる回ればいいよ」

閣下の手に導かれるまま、足を踏み出す。腰の誘導がたくみで、足がスムーズに出た。

ゆったりと、静かな調べに合わせて、部屋の中をくるんと一回転。

レースが重ねられた夜着のスカートがふわっと広がり、夜に咲く大輪の花みたいになる。

「リア、左手を伸ばして」

「は、はいっ」

言われたとおりにすると、閣下の手と合わさった。腰に添えられた手はそのまま、部屋の中を大きく回っていく。静かな低音から、ヴァイオリンの調べが合わさり、音楽が盛り上がる。

ステップが早くなり、シンバルの音が鳴った瞬間、腰に添えられた手が離された。

「わっ」

草原の上で、片手をおもいっきり広げたみたいな体勢になる。閣下を見ると、爪の先までピンと伸びていた。わたしも真似をして、胸をそらすと、くすりと笑われた。

「わあ」

手を引かれ、また元の体勢。閣下と離れて、また近づいて。閣下が腕を上げれば、くるんと一回転させられて。同じ部屋なのに、見える景色がスピーディーでまるで違う。

疑似ロウソクの灯りは、流星のように見え、窓から降り注ぐ月光は幻想的だ。

ドキドキと心臓の音が高鳴っていき、その音が聞こえてしまうんじゃないかと心配になるほど、閣下との距離が近い。

「リア、楽しい？」

「え……」

「俺は、楽しいよ」

急に重ねられた手が離れたと思ったら、腰を両手で掴まれた。

「わっ！　わっ」

体がふわりと浮き上がり、飛んでいるかのよう。びっくりして、閣下の両肩に手を置くと、くるんと体を回された。

「わあ」

「ははっ」

閣下は陽気に笑い、わたしを抱き止める。横抱きにされて、心臓がバクバクする。

「びっくりしました……」

「ははっ。でも、楽しいでしょ？」

顔を上げると、夕闇色に染まって艶めいた美貌が、目と鼻の先だ。こんなに近いのに、嫌ではない。恥ずかしくもない。もっと、閣下を見ていたい。なんでだろう。

「……はい。楽しいです」

素直に言うと、閣下は目をぱちぱちさせた後、幸せそうにほほ笑んだ。

その笑顔は、初めて見たもの。わたしまで幸せな気分になり、頬がゆるんだ。

見つめ合ったまま、わたしたちはダンスを踊る。離れて、近づいて、回って、また近づく。

夜の魔法にかかったかのような特別な時間。

曲が終わり、閣下が止まった。手袋に包まれた指先が、わたしの手から離れてしまう。

それがとても、名残惜しかった。


さらに一夜明けた後、わたしはすっかり元気になった。

閣下が女子寮まで送ってくれた。まだ夢見心地だ。解けない魔法にかかったのだろうか。

「じゃあ、また後でね」

「はい。ありがとうございました」

わたしは頭を下げ、自分の部屋に行く。まだ出勤時間ではないが、身なりを整えなければ。

制服に着替え、鏡をのぞき込む。

「あ……」

鏡に映った自分の髪色を見て、全身の血が引いた。

「髪の毛！　染めていない！」

染め粉がきれいさっぱり落ちてしまい、輝くような金色の髪の女がいる。わたしです。

「えっ、……どうしよう！　え、ええっ！　どうしよう⁉」

頭を手で隠しても、深紅の帽子を被っても、金髪がはみ出てしまっている。まずい。

今から、閣下の部屋に行くか。いやいやいやいや、散々、お世話になった後で髪までお世話になるわけにはいかない。

「……染めてみたんです……じゃあ、ダメかな……？」

目を据わらせて、顔を引きつらせながら言う。

「……二晩、誰にも、何も言われなかったし……いけるかな」

途方に暮れて、わたしは保安隊事務局に向かった。


せめてもの変装にダテ眼鏡をしたものの、落ち着かなかった。

誰もいないデスクフロアで、ムニムニ君を握りしめて、硬直している。

誰かに何か言われるだろうか。緊張して、手のひらでムニムニ君をぎゅっと握った時。

「アメリアさん？」

「ひゃあああああっ」

背後から声をかけられ、のどからあり得ない声が出てしまった。椅子から転がり落ちそうになり、背もたれにしがみつく。振り返ると、童顔モンスターのペーターさんがいた。

「お、おはようございます」

「おはようございます」

そう言って、ペーターさんは無表情でデスクに着いてしまう。

——あれ？　何も言われない……。

「あ、あの。ペーターさん？」

「なんですか？」

あまりに普通に真顔で見つめられ、答えに窮する。

「……わたし、おかしくないですか？」

「いつもより挙動不審ですね。それ以外は、特に」

「……特に……ですか？」

「はい。特に」

そう言ってペーターさんは仕事を始めてしまった。何も言われなくて、逆に怖い。

手のひらでムニムニ君をむにむにして、ペーターさんと無言の時間を過ごしていると、デスクフロアに人が入ってくる。

「おはようございます♡　ん？　まあああ！」

医療班の男性、バニラさんだった。バニラさんは身長が閣下より高く、体格は閣下よりも良い。褐色の肌に、真っ赤なルージュが映えた乙女な男性だ。

「アメリアちゃん⁉　え、やだ。アメリアちゃんなの？」

しげしげと見つめられ、ほっとする。普通の反応だ。

「すてきな髪色じゃない♡　ふふっ、そっちが地毛なのね」

「え？」

「んもお、この子ったら。バレていないとでも思ったの？　アタシは知ってたわよ」

バニラさんが胸に手を置いてウインクする。

「……髪を染めていたって、気づいていたんですか……？」

ぽかーんと口を開くと、バニラさんは真っ赤なルージュの唇をにんまり持ち上げた。

「バレバレよお。つむじがハゲていたもの」

ハゲがバレていた！

「眼鏡もダテですよね」

後からペーターさんの声が聞こえた。ぎょっとして振り返ると、いつもの真顔がある。

「あらそうなの？　きれいな目だから、眼鏡はとっちゃいましょ。えーい！」

「あっ！」

バニラさんにダテ眼鏡を取られてしまった。バニラさんはわたしをのぞき込み、目を輝かせる。

「キャッ！　いいわね。いいわね♡　今の姿の方が、ずっとすてきよ」

手放しに褒められて、心がムズムズする。

そっか。バレていたんだ。なんだ。そっか。――このままでもいいんだ。

気を張っていたのが、馬鹿らしくなってしまった。

「ありがとうございます。このままでいようかな」

へへっと指で頬をかくと、バニラさんは大きくうなずいた。

「そうしなさい！　それよりも、アメリアちゃん。体は大丈夫？　風邪、ひいたんでしょ？」

「二日間、休んでいましたものね」

「あ……大丈夫です。治りました」

「そう。よかった♡　病院には行けたの？」

「あ、閣下の配慮で、宮廷医師の方に診てもらいました」

「んん？　宮廷医師？　皇族しか診ないっていう、例のお医者様？」

真っ赤なルージュが付いた顔が、ぐいぐい近づいてきてわたしは小声で言う。

「閣下が言ってくれたので……特別に……診察してもらったんだと思います」

「アメリアさんが寝泊まりしていたのって、閣下の隣の部屋ですよね？」

ペーターさんに言われ、振り返りながら、こくこくうなずく。

「はい……熱を出したら、そこで診てもらっていますけど……？」

「その部屋、閣下の婚約者が使うものですよ」

「えっ」

淡々と衝撃的なことを言われ、わたしは目を泳がせる。

「か、閣下の婚約者の、部屋、なのですか？」

「婚約者というか、妻の部屋？」

「妻⁉」

グレードアップした事実に思わず声を張り上げる。ちっとも知らなかった。

「あらあ♡　その部屋って、ずっと空き部屋だったじゃない？　閣下ったら。んふふ♡」

「分かりやすく外堀を埋めようとしていますね」

盛り上がるバニラさんと、マイペースに爆弾を投下し続けるペーターさん。

髪のことなんて吹き飛んでしまい、わたしはムニムニ君をむにむにし続ける。

なんてことだ。わたしが使っていい部屋ではなかった。でも、閣下は嫌そうにしていなかったし、むしろ、寝てほしいと言われたし。あれ？　でも、それって。

「おはよう、みんな」

フロアにまた人が入ってきた。爽やかで、落ち着いた声にドキリと心臓が跳ね上がる。

「閣下、おはようございます」

「おはようございまーす！」

「おはよう、ふたりとも」

閣下の靴音がわたしの後ろで止まる。

「おはよう。リア」

呼びかけられ、心臓が口から飛び出すんじゃないかと思った。

そろりそろりと振り返ると、極上のほほ笑みがある。

「あれ、どうしたの？　可愛い顔しちゃって」

くすくすと笑いながら、甘ったるく見つめられる。わたしはたまらず、ムニムニ君を力いっぱい握りしめた。

どうしよう。閣下の甘さは、わたしだけに向けられたものかもしれない。

どうしよう。どうしよう。それが嬉しいとか思ってしまっている。

「リア、容疑者の新情報があったよ」

「え？」

「ここに書いてあるから、リアも目を通してね」

さらりと、紙を手渡される。紙を受け取った時、閣下が顔を寄せてささやいた。

「……昨日は楽しかったね。また、踊ろう」

濡れたような声が耳たぶに響き、首から上が火照りだす。片耳だけが生々しく熱い。

閣下は目を細めると、自分のデスクに戻ってしまう。後ろ姿を呆然と見て、書類に目を向けた。容疑者の供述が書いてある。よくよく見なくてはいけないのに、閣下から貰った熱が、まだ引かない。

「……どうしよう」

特別な夜の魔法は解けていないようだ。

このまま、解けないでいてほしい。また閣下と踊りたい。

どうしよう。どうしよう。どうしよう。

頭の中を閣下のことが駆け巡り、脳髄が焼き切れそうだ。自分では処理できない情報が詰め込まれて、頭の中が真っ白になった。

「――仕事しよ」

ムニムニ君をむにゅっと握りしめ、デスクの引き出しにしまう。

まだ火照る耳たぶを指でいじりながら、わたしは書類に目を向けた。

【閣下視点】彼女が赦しても、俺は赦さない

リアが可愛すぎる。

顔を真っ赤にして、熟れたトマトみたいだ。

俺を意識しているのか、ちらちらとこっちを見ている姿が、たまらなく可愛い。

今までとは違う眼差しを彼女から向けられて、俺は優越感に浸っていた。

あの可愛い生き物は、大事に囲って、笑わせたい。

リアが笑うと、俺まで楽しくなるから。

そんな独占欲だか執着を感じて、自分でも妙な気分だ。

最初、出会った頃は、まさか自分がこうなるとは露(つゆ)にも思わなかったのだから。

リアと初めて出会ったのは、宮殿前の広場だった。彼女はペーターくんに制止されながら、

俺の名前を叫んでいた。その姿は、まるで乞食(こじき)のようだった。

粗悪な染め粉を使ったのか、髪の毛は染め切れずに、まだら模様だ。彼女が身に着けたローブはボロボロで、臭かった。

「お願いします！　デュラン殿下に会わせてください！　アラン・フォン・ポンサールに言われて来ました！」

彼女の話を聞いていたペーターくんは弱ったなぁという顔をしていた。俺は嘆息して、彼女の顔を見た。顔が汚れていたけど、虹彩を見てポンサール家の者だと分かった。

向日葵のような瞳は、アランと同じだ。賢王と呼ばれたサイユ国の二代前の王、アンリ四世と同じ特徴。

小柄な女性で、すぐアランの妹だと気づいたけど、様子見をした。

ポンサール公爵家の娘にしては訳アリな格好だったからだ。

「デュランは俺だよ」

「あなたが、デュラン殿下……」

「アランを知る君は誰？」

リアは口ごもり、名乗ろうとしない。俺は鼻で笑い、かまをかけた。

「アランの奴、おかしな客をよこしたものだね。らしくないけど、あいつ、とうとうおかしくなったのかな？」

そう言うと、リアの瞳が大きく開き怒りに染まっていく。どこにそんな力があったのか、俺の胸ぐらを掴んできた。

「にいさまを悪く言うな……！　にいさまがどれほどの思いで、わたしを助けたのかっ！」

リアは俺の制服を掴みながら、悔しげに下唇を噛んだ。

『俺の妹は間違いなく天使だ』

アランはそう言っていたけど、どこが天使だ。怒りに燃える瞳は、アランそっくりじゃないか。

「おー、閣下が女の子に胸ぐらを掴まれている。レアイベントですね」

ペーターくんが場違いな拍手を送る。思わずジト目で彼を見ていると、リアは糸が切れた人形のように倒れた。彼女の体を横に抱えて、容態を確認する。高熱が出ていた。

「閣下、その子って」

「ペーターくん、今は何も聞かないで」

「分かりました」

察しのよいペーターくんがいてくれて助かった。

「ちょっと抜ける。仕事があったら、執務室に電話して」

「了解です」

ペーターくんと別れた後、俺はすぐに空き部屋に向かった。

皇族専用の回廊に出ると、使用人を見つけ、宮廷女医を呼ぶように伝える。使用人は何も聞かず、すぐに医師を呼んでくれた。

何もない部屋に急きょベッドを運ばせ、リアを寝かせる。

医師の診断によると、リアの発熱は衰弱によるものらしい。

俺はメイドのアイラを呼び出し、リアの介抱を言いつけた。アイラは伯爵家の娘で、口が堅い。感情が表に出ない聡い人だ。騒ぐことはしないだろう。

「この子に付き添ってあげて」

「かしこまりました。身を清めます……」

アイラは痛ましげにリアを見つめ、献身的に介抱してくれた。

俺は部屋を後にし、母上の執務室へ向かう。

前触れもなく部屋を訪れたが、母上はソファに座って新聞を読んでいた。

色素の薄い肌に、真っ直ぐ伸びたプラチナブロンドの長い髪。洗練された動きで新聞をソファに置き、柘榴のような紅い瞳で、俺を射抜く。

「デュラン。どうしたの？」

薄い唇の端を持ち上げ、尋ねられる。この顔、母上は状況を知っているな。

「保安隊事務局に、ポンサール家の令嬢と思われる人物が来ました」

「あら、そうなの」

はぐらかすように言われ、俺は目を据わらせる。

「熱が出ているので保護しています。母上、何か知っていますよね？」

母上と腹の探り合いをしている暇はない。俺は、あの子の素性を知りたい。

アランが何を思って、大事にしていた妹をよこしたのか。

じっと母上を見つめていると、優美な笑みが消えた。

「サイユの宮廷で、爆弾が持ち込まれたそうよ」

「……宮廷で、ですか？」

あり得ない事態に、嫌な想像が脳裏をよぎった。

アランは王太子付きの近衛をしていたはずだ。そして妹は、第二王子の婚約者だった。

「爆破テロを起こしたのは、セリア嬢らしいわ」

「あり得ない話ですね」

「あら、そう。ずいぶんと、ハッキリ言うのね」

母上はソファのひじ掛けに腕を置き、手の甲に頭を乗せる。探るような視線を感じ、俺は顔をしかめた。

「あのアランの妹ですよ？　ポンサール家の者は超がつくほど、真面目で誠実だ」

「ふふっ。ずいぶんとアラン卿がお気に入りなのね」

楽しげに言われ、むっとした。話をそらされたから。

「アランよりも、セリア嬢のことですよ」

「それもそうね。彼女は国外追放の処分を下されたのよ」

「……それは、念入りに調査をした結果……ではなさそうですね」

「察しがいいわね。そうよ。ずいぶんと独善的に処罰されたようね。悪い噂も流されているわ」

氷のように冷たい目をして、母上がソファに投げ出された大衆新聞を手に取る。俺に新聞を差し出した。受け取って内容を確認したが、見出しは不快なものだった。

——前代未聞！　宮廷内で爆破テロ！　犯人はポンサール公爵令嬢。

第二王子の婚約者が、他の女性に嫉妬し爆弾入りの贈り物をしたと書かれてあった。第二王子は婚約者を捕縛し、見事な断罪を繰り広げた。

事件の背景には、王の血筋を組む公爵家が関わっていて、彼らのあくどい裏の顔がこれでもかと綴られていた。

俺が見たアランという男。ポンサール家の事実とはかけ離れている。悪意に満ちて、公爵家一族をあざ笑う内容だ。

「……なんですか、これ」

ぐしゃりと皺が寄るほど、新聞の端を握りしめる。

「サイユ王国で広まったものよ」

怒りがおさまらないまま、口の端を持ち上げる。

「へえ……ありもしない醜聞で、市民を扇動したのか。クズの考えそうなことだ。この件について、サイユ王はなんと言っているんですか？」

「黙秘しているわ。今のところ、対外的にはセリア嬢は罪人ではない。諜報員からの連絡を待っているけれど、彼女をこのままにしておくのは危険ね」

「帝国民として戸籍登録させましょう。彼女には新しい名前がいるでしょう」

胸糞悪い状況だったが、彼女を保護するには名前を変えるのが手っ取り早い。

「そう。なら、名前はあなたが決めなさい」

「俺がですか？」

「拾ったのなら、お世話をしなさい。生活も保障するのよ」

楽しげにくすくすと笑われて、眉根をひそめる。

「……保安隊に入れろってことですか？」

「あら、おかしい？　セリア嬢は七年も王子妃教育を受けた人間よ。有効活用しなくては」

母上は艶やかにほほ笑んだ。俺は両肩をすくめ、リアのいる部屋に戻った。


リアは目覚めていて、ベッドの上で放心していた。風呂に入ったのか、身ぎれいになっている。

輝くような黄金の長い髪が目を引いた。憂いを帯びて、まつ毛がかすかに震えている。小さな体をさらに小さくさせて、そのまま消えてしまうのではないかと錯覚した。

俺は大股で彼女に近づき、無遠慮にベッドサイドの椅子に座る。

はっとして彼女が俺を見る。怯えているのか、大きな瞳は揺らいでいた。

「君のこと、話して」

端的に告げると、小さな体がびくりと震えた。怯えた態度をとられ、自分が想像以上に苛立っていることに気づく。舌打ちしたい気分だ。

「何があったの？　話せる？」

心を鎮めて、もう一度、問いかける。

リアは小さな声で自分の事情を話してくれた。

それを聞いたら、ますます苛立ってしまい、本気で舌打ちが出た。

「王は病に倒れ、若い王太子は公務に奔走。第二王子は勘違い野郎で、宮廷は魔物に喰われているか……」

静かに言うと、リアは何か言いたげな顔をした。でも無言だった。

しばらくして、悲しみを振り切るように顔を上げて言う。

「あの……デュラン殿下……わたしに仕事をいただけませんか？」

「働きたいの？」

「帝国で生きていきたいです」

熱を帯びた声で言われた。どうやら彼女は悲嘆して暮らすつもりではなさそうだ。

意思のある向日葵色の瞳を見ていたら、ふっと口の端が上がった。

「どんな荒行でもやれる？」

「やります」

はっきりと言われ、面白くなった。

「じゃあ、保安隊になって、俺の部下になりなよ」

「……保安隊にですか……？」

「ちょうど十日後に試験がある。それをパスしたら、君も保安隊だ」

パスしなくても一年後には、また試験がある。受けるかは彼女次第だけど。

リアは少し考え込んでいた。

「……試験ということは、名前が必要ですよね……わたし、元の名前は使いたくありません」

逃げてきたので――と、申し訳なさそうに言われる。

「そこは気にしなくていい。君は帝国民として戸籍登録するから」

「えっ……偽証ですか？」

「そうだよ。君は今から――」

動揺する声に、笑ってしまった。

そう言いかけて、名前は何にしようかと考える。

アランは確か、彼女のことを『リア』と言っていた。

『リアが、リアは、リアはな』と嬉しそうにしつこく言っていたから、よく覚えている。

そうだ。リアと呼べる名前にしよう。

「君は今から、アメリア・ウォーカー」

「……アメリア・ウォーカー……」

「帝国で多い名前と苗字だよ。どう？」

ぱちぱちと瞬きをした後、リアは微笑した。

「アメリア……古い時代から帝国にある名前ですね。意味は、擁護する人でしたか」

「勤勉って意味もあるよ。気に入った？」

「……はい」

リアは控えめにほほ笑んだ。その笑みは、好ましいものだった。

「試験を受けます。それまで、どこか住む場所も教えていただけないでしょうか。お金はこれで」

リアは布団の中に隠していた小袋を出して、俺に渡す。中にはサイユ王国の貨幣が入っていた。

「ここに来るまでに、換金所で通貨レートを確認しました。帝都の借家がいくらかかるのかも、小耳に挟みました。一ヶ月は暮らしていけると思います」

すらすらとよどみなく言われ、口の端が持ち上がる。面白い。

彼女は悲劇に浸る公爵令嬢ではなさそうだ。詰めは甘そうだが。

「バラックなら借りられそうな金額だ。でも、全額を俺に渡しちゃダメでしょ？　俺が懐に入れるかもしれないんだよ？」

そう言うとリアは眉間に皺を寄せて、不思議そうな顔をする。

「デュラン殿下は、そのようなことをしないと思います……するなら、わたしを保護しません」

真っ直ぐに見つめられ、アランを思い出した。あいつも、そんなことを言っていたな。

「似たもの兄妹だなあ」

「えっ」

くすくす笑いながら、現実を教える。

「バラックは治安が悪い。その目立つ髪だと、あっという間に男に襲われて、心身共に傷つけられるよ」

リアがひゅっと息を呑んで、口を引き結んだ。

彼女の容姿なら、充分あり得る話だ。

見たところ頭はキレるが、それだけだ。か細く小さな体を誰かが押し倒したりしたら——想像するだけで、反吐が出る。

「だから、この部屋にいるといいよ。今は誰も使っていないしね」

元々この部屋は、俺の結婚相手に使う予定だったもの。今は空き部屋だ。

俺の執務室に繋がる扉が付いているから、廊下に出なくてもいい。誰にも知られず彼女を保護するのには、うってつけの場所だ。

「必要なものは運ばせる。保安隊になったら、女子寮があるから移ればいいよ」

リアは胸に手をあてて、小さく頭を下げた。

「……お世話になります」

「保安隊になりたかったら、礼はこっちだよ」

右手を挙げて、敬礼をする。リアはぎこちなく手を動かし、敬礼の真似事をした。

「こう、ですね……覚えます」

リアは十日間、部屋にこもって試験対策をしていた。試験に連続腕立て伏せが必要だと知ると、必死でやっていた。その姿があまりにも一生懸命で、口元がにやけた。

部屋には机と椅子が用意され、アイラが彼女の世話をしてくれていた。

リアは戸籍登録され、目立ちすぎる瞳は本人の希望でダテ眼鏡をかけた。髪も染めた。

宮廷髪結い師トレビス伯爵は「これはッ！　伝説のッ！　サンシャインイエローではないかぁぁ！」と叫んでいるだけで、リアのことを深く尋ねることはない。

彼の頭は九割ぐらい、髪のことしかないから、適任だろう。

しかし、難点もある。染め粉を付けているから、リアは頭を洗えない。髪の手入れをかねて、リアは俺の部屋にある風呂を使うことになった。

「お風呂……って、どうすれば使えるのでしょうか……？」

猫足のついた浴槽を目の前にして固まる彼女に、それもそうかと思う。公爵令嬢はひとりで風呂には入らないだろう。

俺は義手の手入れもあるし、触られると反射的に殴りたくなるから、風呂はひとりで入る。

「教えてあげるよ」

制服を脱いで、黒いシャツとズボンだけの姿になる。

――俺が彼女を洗う必要もあるな。

そう考えて、黒いシャツも脱ぎ捨てた。お湯と水が出る蛇口をひねる。

「ふたつひねると、適温になるから。シャワーはここの蛇口をひねればいいよ」

説明して振り返ると、リアは俺の体を凝視していた。視線の先は、義手だった。

慣れた視線なので、特に気にしない。

「筋電義手だよ。サイユじゃ見たことない？」

リアは無言で、じぃぃぃぃと義手を見つめていた。目が爛々と輝いている。

「触りたいの？」

冗談めかして言ったのに、リアはこくこくとうなずいた。新鮮な反応だった。

義手を見ると、たいてい三年前の連続爆破テロ事件を思い出されて、切ない目をされる。

あの時、俺は密告だと思った情報に騙されて、まんまと容疑者が仕掛けた爆破に巻き込まれた。部下も手足にケガを負った。苦い記憶だ。

そんな暗い気持ちを知らないリアの瞳は、好奇心いっぱいだった。

「触っていいよ」

腕を差し出すと、リアはしげしげと義手を観察するように見てから触った。細い指先が機械の腕に触れる。俺の体に、信号が伝わってきた。

「すごい……どうやって動いているんですか？」

「神経を金属と繋げているんだよ。だからほら、指まで動かせる」

銀色の義指を曲げると、リアの頬が紅潮した。

「すごい技術です。帝国は進んでいるのですね……」

「まあ、手術は大変だし、リハビリも大変。自然エネルギーを取り込んでバッテリーを作れないか、研究中だよ」

「……バッテリー……それがあれば、誰でも動かせるのですか？」

「理論上はね」

「すごいですね……」

「帝都の空気は汚染されているから、石炭に代わる自然エネルギーが求められているんだよ」

俺の話をリアはキラキラした目で聞いていた。純粋な目で見られると、ちょっと意地悪したくなる。

「義手ばかり見ているけどさ。生身の体の方には、興味ないの？」

「へ？」

自分の胸を指でとんとん、軽くたたく。リアの視線が俺の上半身に注がれていく。そして、みるみるうちにリアの顔が赤くなっていった。

「はっ……！」

そして、両手を上げて、素早く後ろに下がっていく。面白くて、可愛い反応だ。

「お、おおおお！　お風呂の使い方は分かりました！　誠にありがとうございます！」

「体の洗い方は分かるの？　洗ってあげようか？」

「い、いいいいいえ！　殿下の高貴な手を汚すわけにはいきませんっ！」

「遠慮することはないよ」

ニヤリと笑うと、リアは目をつぶって叫ぶ。

「わたしの体は殿方に見せられるものではありませんからっ！」

――なんだ、それ。

楽しい気持ちが、急速に冷えていった。

「見せられないって、どういうこと？」

リアは言いにくそうに口ごもる。

「わたしの体は、殿方には好まれません……殿下にも不快な思いをさせます……」

「意味が分からない。不快だって思わないけど？」

リアの体は小さいのに、胸は大きく存在感があった。

この顔で、この体。情欲を掻き立てられる魅惑的な肢体だ。

「……胸が大きすぎて、下品な体と言われたことがありますから……」

「はぁぁぁあ？　なんだ、それ」

想像以上にゲスな言葉で、心の声が出た。リアは目をぱちくりさせていて、俺を不思議そうに見ている。

「誰に言われたの？」

そう尋ねると、リアは泣きそうな顔をする。それで、元婚約者だろうと察した。

イライラする。どんだけクズ野郎なんだよ。

「体のことを、あれこれ言う方が下品だよ」

「え……？」

「忘れちゃいな。相手を思っていない言葉だ」

そう言うと、リアは目を赤くして小さくほほ笑んだ。

「ありがとうございます」

笑顔が痛々しくて、苛立ちはおさまらない。俺はわざとにっこりとほほ笑んだ。

「だから、気にしないで。洗ってあげるよ」

今度はぎょっとしたように、首を横に振られる。

「大丈夫です！」

くるくる変わる表情が楽しくて、俺は声を出して笑ってしまった。


リアは国家試験をトップで通過した。女性では史上最年少の記録。

「優秀だと思ったけど、ここまでとはね」

保安隊は、経歴は問わない代わりに警察より採用枠が少ない。そのため難易度は高く、合格者がゼロ人の年も珍しくない。

デスクに座ってリアの結果をしげしげと見ていると、ペーターくんが近づいてきた。

「閣下、今年は新人がいるんですか？」

「いるよ。女の子でね」

「……ああ、知らない人ですね。アメリアさんですか」

リアの書類を見せても、ペーターくんは真顔のままだ。

興味なさそうに言われ、くすくす笑う。ペーターくんは察して、知らないふりをすることに決めたらしい。元スパイらしい判断だ。

「ウォーカー二等保査は俺が面倒を見るよ。彼女、体力測定はギリギリの数値だったし」

「でも、座学は飛び抜けていますね」

「採点者が、答え以上の情報まで詳細に書いてくるから青ざめていたよ。移民にしては高度な教育を受けているってね」

「それは楽しみな方ですね」


リアに合格を告げると、とても嬉しそうな顔をされた。深紅の制服が支給され、着替えた彼女は、ぎこちなく敬礼をしていた。新米らしい、初々しさがある。

「じゃあ、容疑者を確保しに行こうか」

「はい。でんっ……失礼しました。閣下」

確保に同行させ、見つけた容疑者をいきなり殴ったら、リアは卒倒した。

――は？　なんで？

俺は短時間で確保するのが最優先だから、四の五の言わず武力行使に出る。それが刺激的だったらしい。

犯罪者を一発でノックダウンさせた後、リアも抱えて、俺は保安隊事務局に戻った。

「申し訳ありませんっ！」

目覚めた彼女は謝っていたけど、顔色は真っ青だ。肩のあたりをしきりにさすっている。

過去の出来事を思い出させてしまったのかもしれない。その後、逮捕の時は手を抜き始めたけど、加減が分からなくて、リアにはずいぶんと怖い思いをさせてしまった。

「閣下、あの、その、もうちょっとお手柔らかに逮捕しませんか……？」

「あー、うん。分かった」

卒倒しなくなった彼女は小さな声で俺に進言してきた。

「あの閣下。せめて骨を折るのはやめませんか？」

「あー……うん。分かった」

返事をして加減し続けてきたけど、彼女も慣れてきたのか、俺に対してどんどん遠慮がなくなってきた。

「閣下！　殴る時は加減を……！　レッドカーペットに鼻血がこびりついています！　このカーペットを売れば、そこそこの値段になりますから、被害者への慰謝料の足しになるんです！

お願いですから、いきなり殴るのはおやめください！」

「あ、うん。分かった」

そして、三ヶ月経った頃、とうとう彼女が犯人と交渉すると言い出した。

「閣下、お願いします。容疑者とは、わたしが話します。犯罪者に医療費をかけても無駄なだけです！」

「うん。分かったよ」

つま先立ちになりながら、必死で俺を見上げる姿に、絆されたのは間違いない。

彼女は犯罪者専門の交渉人——クローザーという役割になり、俺は彼女の対話を根気強く聞いていた。ずいぶんと、忍耐がついたものだ。


リアが保安隊の仕事に慣れた頃、俺は人工皮膚の話をした。

「……烙印を消すのですか？」

「そう。無意識に気にしているみたいだから」

「えっ……そうですか？」

「肩、よく触っているよ」

指摘すると、リアは口を引き結んだ。あまり触れてほしくない部分だったらしい。でも、彼女が罪の意識を感じるものは消した方がいい。

「手術は何回かに分けてやるし、結構、痛いけどね」

「――やります」

リアは即決した。ちょっとだけ泣きそうな顔で言う。

「わたしはもう、アメリア・ウォーカーですから」

そう言う彼女の真意はなんだったのか。サイユ王国のことを忘れたかったのだろうか。

リアは、リアなのに。

「ねえ、君のこと、リアって呼んでいい？」

「え？　……なんで、ですか？」

「アメリアの愛称でしょ？」

「そうですけど……」

「リアって呼ばれるの、嫌？」

「っ……嫌では……ございません……誰もいない時でしたら……」

周りを気にしながら、ぼそぼそした声で言われた。

俺は彼女の耳に顔を近づけて、ささやきかける。

「じゃあ、ふたりっきりの時に、リアって呼ぶよ」

彼女は体を震わせて、素早い動きで後ずさる。唇をわなわな震わせて、顔が真っ赤になっていた。可愛い。思わずにっこりほほ笑むと、ぴえんと言いだしそうな顔になる。可愛い。

そんな反応をされたら、くせになるというもの。

俺はリアの前で、よく笑うようになっていった。

リアは一回目の手術に耐えた。十時間にも及ぶ手術に泣き言ひとつ言わずに耐え切った。

だけど、手術代を見て顔が真っ青になっていた。

「……最新の技術って……高いのですね……」

「値段のこと？　俺が金を払おうか？」

「えっ……それは申し訳ないので、自分で働いて返します」

あっさり断られてしまった。

真面目で正義感の強い彼女は、俺を頼ろうとしない。

それが好印象でもあるけど、もっと甘えてくれたっていいじゃないか。

俺は上官なんだし。ねえ？

合計三回の手術をして、リアの肌から烙印が消えていった。


リアは保安隊に入ると、知識の深さ、周りをよく見る観察力でめきめきと頭角を現していった。昇格試験も難なくパスしていく。

生真面目さ、公平な態度で、すっかり周囲に溶け込んでいた。小柄な彼女がテキパキ動く姿は愛らしく、くせ者だらけの保安隊員が、リアを見ると笑顔になる。

リアはリアで、周りにはにかむように笑っていて、それがまた愛らしく見えた。元気になっていく姿にほっとしたものだ。

だけど、雨の日は、苛立ってしょうがなかった。

彼女は熱を出して、寝込むことが多かったからだ。

熱を出すと、リアは泣きながら「ごめんなさい」と繰り返していた。

彼女を泣かせるのは、過去の出来事だろう。

寝言で婚約者の名前を口にしていたから。

「……ブリュノ殿下……もう……おやめ、ください……にいさまが……わたしが……悪いから……」

うなされながら、必死になって哀願するのは、見ていて痛々しかった。

いまだに彼女を苦しめ、泣かせる第二王子に苛立つ。

「……昔の男はとっとと忘れなよ」

寝ている彼女に、そっとつぶやく。

祈るような気持ちで、義手を彼女のひたいにあてる。冷たい義手は気持ちがいいのか、リアの表情は少し、ゆるんでいた。

単純なもので、和らいだ顔を見るだけで、心は落ち着く。

リアは触れようとすると極端に怖がっていたから、触れたのは寝ている時だけだった。

慎重に、怖がらせないように、相手をよく見て、距離を詰めていく。

たまに不意打ちして、小脇に抱えた時は、あくまでも業務のように見せかけた。

そういう振る舞いをすると、彼女が安心しているように見えたから。笑っていたから。

俺はリアを泣かせたくはなかった。

リアが巻き込まれた爆弾の情報は、帝国で取り逃がした爆弾魔の犯行に酷似していた。国内ではもう三年、やつの足取りを掴めていない。他国に、それも国交が開いたサイユ王国内部に逃げたと言うなら、納得できる。

だが、サイユ王国に捜査依頼をしても、返事は歯切れが悪かった。

一年経っても捜査は進まず、また、リアは熱を出してうなされてしまった。被害者のドロシー・マーシャル宅に行った後だ。気をつけていたけど、予防はできなかった。

リアの発熱は、心的ストレスによる影響かもしれないと医師が言っていた。雨の日は、過去がフラッシュバックしてしまい、無意識に過去の出来事をなぞろうとしていると。これは一種の自傷行為なのかもしれないとも。

気持ちが優しい人は、自分が悪いと思いがちだ。怒りを外に向けずに、自分に向けてしまう。そんなことをする必要はないのに、リアは優しすぎた。

その姿を見ると、砂時計の中で、黒い粒が下に落ちていくように、怒りが溜まっていった。

「リアがされたこと、俺も覚えているよ。忘れないから」

誓いをするように、リアのひたいに唇を落とす。

リアは眉根を寄せて、瞳から涙を流した。

「……ごめんなさい、ごめんなさい……ごめんなさい……」

俺の思いは届かず、リアは悪夢に囚われたままだ。

熱くなった義手を引いて、汗で貼りついた前髪を指で払う。

「……どうして謝るの？　リアは何も悪くないよ」

たったそれだけのことが、こんなにも伝わらない。

切ない思いでリアを見つめた時、向日葵色の瞳が開いた。

それにほっとして、俺はリアにほほ笑みかけた。


目覚めたばかりのリアは苦しそうにしていた。

俺はいつものようにそれとなく去ろうとしたんだけど、今日はリアがそばにいてほしいと願ってきた。

たまらなかった。やっと頼ってくれたと思って。

それなのに、リアはまた遠慮をする。だから、抱きしめて、泣かせた。

「今は泣いてよ。リア……お願い」

情けなく懇願したら、リアは俺の腕の中で泣きじゃくってくれた。

リアを抱きしめながら、彼女を苦しませた者どもへの怒りは深まるばかりだ。

たとえ、この先。リアの傷が癒えて、すべてを赦したとしても。俺は赦さない。

――――絶対に。

彼女にトラウマを植えつけたやつらは、地獄に堕ちればいい。
だから、サイユから使者が来たのは、俺にとってまたとない転機だった。

第6章

お嬢様は、私たちにとって誇りです

その日、わたしは珍しくお昼に何を食べようか迷っていた。

宮殿前の広場にある露店をはしごして、行ったり来たりしている。

露店では見習いの宮廷料理人が、試しに作った惣菜が売っていた。宮廷料理人に選ばれるとだけあって、味は格別だ。それを安価で食べられるのだからありがたいことである。たまに、奇抜なものもあるけど。

「うーん、あっちも美味しそうだな」

いつもなら手軽に食べられるサンドイッチが多いし、味はなんでもよかった。お腹が手早く満たされれば充分だったのだが、閣下と過ごした特別な夜から、わたしは変わっていた。

髪は染め粉を付けるのをやめて、ダテ眼鏡もしていない。ありのままの自分でいいと思えるようになった。

それは、駆け抜けていたのを、歩くようになったというべきか。食べる物に迷う程度には、心のゆとりができている。見える景色が前より、鮮明だ。

保安隊に入ってから仕事は充実していたし、それなりに暮らしていたと思っていたけど、視界が開けた今となっては、必死な日々だったと感じる。

こうして、わたしは帝国の暮らしに馴染んでいくのだろうか。

故郷のサイユ王国のことを忘れていくのだろうか。

兄も、父も、ポンサール領の人々のことも気になっているのに。

毎日、新聞に目は通しているし、休日には図書館に足を運んで何か情報はないか探っている。でも、得られるものは少ない。帝国に来てから知った情報は、ブリュノ殿下とリリアンの結婚だった。

わたしを追放した後、ふたりはそのまま結婚したようだ。結婚式はそれなりに華やかで、仲睦まじいふたりの様子がモノクロの絵で描かれていた。

その記事を見た時、嘆くこともできずに呆然としたものだ。

わたしはあの国にとって、本当に、いらなかったのだろう。

ふたりの結婚後、日を空けずに王太子妃の懐妊のニュースもあった。待望の第一子とあって、サイユ王国はお祭り騒ぎだったようだ。

王太子殿下夫妻が王宮のバルコニーから国民に向かって挨拶をすると、祝賀の声にあふれた。王都では、国花である紫のアイリスが飾られていたそうだ。そう伝える記事を見て、過去の出来事が蘇った。

わたしはブリュノ殿下や宮廷関係者に手紙を出す時は、国花を散らした手すきの紙を愛用していた。ポンサール領にある伝統工芸のひとつで、コットン百パーセントの紙は上質で手触りがよい。

もう、紙に触ることもないだろう。

肝心のポンサール領や兄や父のことは、新聞には書かれていなかった。

故郷に思いを馳せても、わたしは何もできずにいる。

王太子殿下の妻、マーガレット様は帝国の第一皇姫。閣下の一歳上のお姉様だ。

本気でサイユ王国を知りたかったら、閣下に聞けば教えてくれるかもしれない。

でも、二の足を踏んでしまっている。

自分にできることはないから——という理由で、わたしはまだ逃げている。

あの日、船長たちが逃してくれたままだ。

「……落ち込んでいても解決しないのに……ダメね」

気を取り直して、露店散策を再開する。

さて、どれを食べようか。

美味しそうな料理をじっと見つめていると、背後に人影が立った。乞食のような匂いがする。

ぞわりと首裏に悪寒が走り、わたしは相手をにらみながら、後方を振り返った。

相手はわたしを見ていた。目深に被っていたフードからのぞくのは、見開かれた茶色い瞳。

汚れてはいるが、気品漂う紳士の面影を残している。

わたしの知っている人で、ここにいるはずのない人だ。

「セリア……お嬢様……？」

その人はフードを取り、瞳を潤ませながらわたしを見る。

「……ダミアン……？」

呼びかけるとダミアンはこくりとうなずいた。

ダミアンは父の執事だ。常に父のそばにいて、わたしが幼い頃から近くにいたポンサール公爵家の使用人。

「……ああ、……生きておられたのですね……」

ダミアンは目頭を押さえ、肩を震わせる。片膝を折り曲げ、わたしに向かって深く頭を下げた。茶色い地面が、ダミアンが落とす涙で、濡れていく。感極まった様子に、わたしはぐっと口を引き結んだ。

「……ダミアン……どうして、ここに……ひとまず事務局に……歩ける？」

わたしはダミアンの肩に手を置き、顔をのぞき込む。ダミアンは指で涙を拭うと、顔を上げた。皺の入ったまなじりが、優しく細くなっていた。

「歩けます」

「……よかった。こっちに来て」

わたしはダミアンのそばに寄り添いながら、医療班がいる部屋に向かった。

自分のデスクを通り過ぎて、ずんずん突き進む。

ダミアンの姿は、わたしが保安隊事務局にたどり着いた時とそっくりだ。ひとりで帝都を駆け抜けるためにわざと乞食の風貌になった。閣下に会ったとたん、わたしは高熱を出して倒れたので、ダミアンもそうなるのではないかと不安だった。

聞きたいことは山ほどあるが、ダミアンの体が優先。

わたしはデスクフロアに続く、医療班のいる部屋の扉を開いた。

「ウォーカーです！　至急、診ていただきたい患者がいるのですが！」

部屋の中は清潔感あふれた白一色だった。その中で、タイトな黒いシャツを来た医療班の男性、バニラさんがいる。ダンベルを両手に持って鍛えていた。

「あらあ、アメリアちゃん！　そんなに慌ててどうしたの？」

ダンベルを放り投げて、バニラさんが近づいてくる。トレードマークの真っ赤なルージュは今日も健在だ。

「この人を診てもらいたいのですが……」

ダミアンは状況が分からないようで、わたしとバニラさんを交互に見ている。

「この人は？」

「えっと……」

わたしが公爵家出身だということは保安隊メンバーは知らない。でも、ダミアンは助けてほしい。必死に頭を回転させて、わたしは訴えた。

「……わたしにとって……家族同然の人です」

びくりとダミアンの体が震え、わたしを見る。わたしはきゅっと唇を引き結び、バニラさんを見た。

「急ですが、お願いします！」

わたしは手を前にそろえて、頭を下げた。

「……お嬢……」

何か言おうとするダミアンを、下からちらりと見上げ、目で制する。

お願い。今は何も言わないで。

願いが通じたのか、ダミアンはそれ以上、何も言わなかった。

「アメリアちゃんの家族ね。オッケー、分かったわ」

軽い口調で言われて、ぱっと顔を上げる。

バニラさんは、ダミアンよりも大きな体で腰をかがめた。くいっとダミアンの顎を持ち上げ、しげしげと見つめる。

「なかなかの美中年ね」

「……は？」

「目に濁りはないわね。オッケー、オッケー。診察を始めましょう♡」

バニラさんは迫力のある笑顔になり、ダミアンの体を小脇に抱えだす。捕まったダミアンは、信じられない様子だったが、これで一安心だ。

わたしは頭をもう一度下げ、部屋を出て走った。

デスクフロアに駆け込む。昼時なので、誰もいない。

「閣下は執務室かな……」

フロアの端にある階段を駆け上がる。

踊り場で体を反転させ、また階段を駆け上がる。

二階には宮殿に続く渡り廊下がある。わたしは全力疾走した。

歴代の芸術家たちが趣向をこらした調度品が並ぶ廊下をひた走り、木製の大階段を駆け上がった。宮廷警察が見回る廊下に出て、走りながら彼らに敬礼して、閣下の執務室にたどり着く。

「はあ、はあ、はあっ」

息を整える間も惜しんで、部屋をノックした。しばらくするとタキシードを着た男性使用人が扉を開く。

「アメリア様。いかがなさいましたか？」

「あのっ……閣下は、ここにっ、いますかっ」

呼吸を乱しながら言うと、使用人の背後から閣下が現れた。

「そんなに息を切らせて、どうしたの？」

穏やかな声を聞いたら、ひどく安心した。気がゆるんで、涙が出そうになる。口を引き結んでいると、閣下の顔つきが神妙なものになる。使用人を横切り、閣下がわたしの前に立つ。

「リア、どうした。何があった」

「あのっ……サイユ……から、わたしの知っている人が来て――」

そう言った瞬間、閣下は腰をかがめ、わたしの肩と膝裏に手を回して抱き上げる。

びっくりして、慌てて閣下の制服にしがみついた。

「走りながら聞く。詳しく話して」

閣下は厳しい表情のまま、わたしを抱えて走り出した。

幸いにもダミアンは擦り傷があったぐらいで、体の不調はなかった。きれいサッパリ汚れを落としたダミアンは、公爵家にいた時より精悍な顔つきになっていた。

閣下とわたし、ダミアンだけがいる防音室で話が始まった。

「……私はアラン様の言いつけで帝国に来ました」

ダミアンの一言で、心臓がぎゅうと痛む。ダミアンを遣いに出したということは、兄は公爵家にいるのだろう。

「アランの？　その証拠は？」

閣下が静かに問いかける。

言い方が厳しくて、口を出しそうになるが我慢した。今は冷静にならなくては。

「証拠は、こちらに。手紙を渡すように言われました」

ダミアンは懐から一通の手紙を出した。封蝋はポンサール家のもので、兄の文字が書かれている。

閣下は手紙を受け取ると、文字を見つめた。

「確かに。アランの字だ。しかもこれって」

「アラン様はデュラン殿下に渡せば分かるとおっしゃっていました」

「中身は紙だね」

閣下は口で手袋を噛んで外した後、義指をペーパーナイフ代わりにして、封を切る。

中身の紙を取り出して、懐かしそうに目を細めた。

「アラン、この言葉を使ったんだ。やるね」

閣下は納得しているようだったけど、わたしは続きを聞きたくてそわそわする。

閣下は手紙を折りたたんで、わたしに説明してくれた。

「アランが帝国に来ていた頃、俺らしか分からない暗号文を作ったんだよ。捜査に必要でね」

「それで、何が書いてあったんですか……？」

「うん。ミスター・ダミアン」

閣下がダミアンに話しかける。

「アランはセリア嬢の汚名を雪ごうと証拠を集めていたのかい？　手紙には証拠はチェストの中、とだけ書かれてある」

閣下の言葉に、ひゅっと、のどが鳴った。

「その通りです。セリアお嬢様は冤罪だったと、アラン様は確信していました。私もです」

わたしはダミアンを見上げた。ダミアンはわたしの視線に気づいて、切なくほほ笑む。

胸の奥が、かっと燃えるように熱くなった。

「ブリュノ殿下の愚かさは言うに及ばずですが、殿下を意のままに操ろうとした人物が二名おります。リリアン王子妃。そして、財務大臣の地位に固執するモールドール伯です」

ダミアンの話を聞いて思い出す。審問の場には、杖をついた重鎮、モールドール伯の姿が確かにあった。元財務大臣モールドール伯は、現職の財務大臣の父を恨み、蹴落とす算段を立てていたと言う。

「王子妃の生家、クローデル男爵を宮廷に招き入れたのは、アカデミーに出資しているモールドール伯だったのです。クローデル男爵の薬は、陛下の病気に確かに効きました。しかし、一年後には改善どころか悪化をしています」

「それは、裏がありそうな話だね。それで、アランが宮廷に戻ったのかな」

「ええ。アラン様は単身で宮廷の護衛に戻られました。王太子付き、第一部隊ではなく場外警備兵として勤務をされています」

「へえ……アランは王族の護衛という融通の利かない勤務から、自由が利く勤務にあえて志願したのかな」

ダミアンが驚き目を見張る。

「……ご明察です」

「そう。で、アランはセリア嬢の冤罪を晴らすためだけに、君をよこしたの？　違うよね？　保安隊の司令官である俺を動かせる、何かを掴んだんじゃないのかな……？」

閣下の紅い瞳が大きく広がっていく。歪に持ち上がった口の端はぞっとするほど恐ろしく、それでいて喜んでいるようにも見えた。

「――帝都連続爆破テロ事件を起こした犯人が、サイユ王宮内にいる可能性があります」

閣下が椅子から勢いよく立ち上がる。左腕の義手が小刻みに震えていた。

「ブックマンか……」

低く、憎悪に満ちた声だった。

「左様でございます」

帝都連続爆破テロ事件とは、三年前に起きたものだ。当時、帝国は機械化が進んで、大量生産時代に入っていた。外国からの労働者も増え、その分、熟練した技術者たちは職を失った。深夜遅くまで働かされ、労働条件は過酷だった。そして、とうとう労働者による、暴動が起きた。労働環境を変えないと、機械を壊すと脅したのだ。

暴動そのものは小さく、保安隊によって鎮圧された。その後、各地で同じような暴動が起きて、陛下は領主へ呼びかけ、労働者と話し合う場を設けさせた。労働組合というものができたのは、ここからだ。

一度、沈静化した暴動だったが、今度は機械ではなく、機械を発明した人が狙われるようになる。最初に狙われたのは、蒸気機関車の発明に携わった人だった。

その人の邸宅に郵便物が届いた。差出人不明の小包の中身は、ベストセラーとなった書物。

本を開いたとたん、爆発し、彼の妻が手と顔に傷を負った。

「通称、ブックマンと呼ばれる爆弾魔の手口は、本を使うところにあるんだ。本の中身をくり抜いて、その中に起爆装置とガラス細工を入れるものだ」

「本って、まさか……」

信じられない気持ちで閣下を見る。

閣下はわたしを見て、表情を切なくした。

「……リアの話を聞いた時、ブックマンの可能性を考えたよ。サイユ王国にも捜査依頼を再三出していたんだけど、返事はのらりくらりとかわされたんだ……」

口惜しげに言われ、心臓が鷲掴みにされたように苦しくなった。

帝都連続爆破テロ事件は知っていたが、爆弾の形までは知らなかった。ニュースを見ても、どこにも記載がなかったのだ。閣下によると模倣犯が現れたため、爆弾の内容は隠匿されたそうだ。

「公にはなっていないけど、保安隊はブックマンに逃げられたんだ……」

閣下は義手を見つめる。いつになく昏い瞳で。

「……あの時、ブックマンの通報を、奴の家族から受けて潜伏先を張り込んでいたんだけど、それ自体が罠でね……潜伏先の家ごと吹き飛ばされて、部下も俺もケガを負った」

閣下がぐっと義手で拳を握りしめる。閣下の左腕はその時、失われたのだ。

「……はっ、情けない話だよ。俺の失態は父上の判断で隠され、なかったことになったんだ」

「そんなこと！」

わたしは聞いていられなくて、立ち上がり、声を張り上げる。

「悪いのは犯人じゃないですか！　閣下の腕を奪い、仲間をケガさせて、わたしを！　わたしの、家族たちを……っ」

激情に飲まれて、視界がにじんだ。

わたしのことにブックマンの爆弾が使われた証拠はない。感情に飲まれてはいけない。それなのに、やり場のない怒りが腹に溜まる。

「……リアはさ」

ふと、閣下がつぶやくように言う。

「人の痛みに敏感だよね。優しすぎる」

それは褒められている言葉ではなかった。

でも、閣下の瞳は優しげに細くなっている。

「そこが、リアの良いところだね」

眼差しがあたたかい。わたしがわたしであることを肯定してくれている言葉だ。

「……閣下」

「あの時は逃がしたけど、今度こそ逃がさないよ。陛下に話してくる」

そう言って、閣下は扉の方に向かう。扉のドアノブに手をかけたところで、体をひねった。

「ミスター・ダミアン。貴殿の情報提供に感謝する。恩に報いる結果を出すよ」

そして、閣下は敬礼をして、部屋から出ていってしまった。

ぱたりと扉が閉まって、わたしは呆然としたまま椅子に座った。

「……いやはや。想像以上に判断が早い方だ……」

ダミアンが嘆息しながら、首元をゆるめる。

「まるでアラン坊ちゃんと私がしてきたことを、そばで見ていたかのように的確に当てますな。……あれが帝国の皇族。うちの王族たちとは格が違う」

ほっとしたような穏やかな声で言われ、わたしは得意げになる。

「閣下は自慢の上官なんです」

そう言うと、ダミアンは目をぱちくりさせた後、嬉しそうにほほ笑んだ。

「……お嬢様は、アメリアというお名前になられたのですね」

「……うん」

「……そうですか。でも、お嬢様はお嬢様です。本当にご無事で何よりでした……」

ダミアンの瞳が潤みだす。わたしも泣きそうになった。

「にいさまとダミアンが懸命に証拠探しをしてくれたのに、わたしは……」

「何をおっしゃいます。保安隊に入られ、ご活躍されているじゃないですか。医療班の方にお嬢様のことを聞きましたよ」

ダミアンはくしゃりと破顔する。

「ご立派です。お嬢様は、私たちにとって誇りです」

その言葉は、後ろめたかった気持ちを浄化してくれた。

逃げているだけ、と考えていた自分が恥ずかしい。わたしを助けてくれた人は、こんなにも愛情深い。

耐えていた涙がぽろりとこぼれ落ちて、わたしは笑いながら制服の袖で雫を拭う。

「……ありがとう。ダミアンも無事でよかったわ」

それから一年間を埋めるように話をした。

父はポンサール領にいるが、元気で過ごしているそうだ。兄は宮廷で戦っているが、同僚や、元上官、意外な協力者も得ているらしい。

兄と一緒にいた侍女のオネットは、騒動が落ち着くまで実家にいるそうだ。

「ポンサール家への風当たりは強いです。でも、それで折れるような者はおりません」

「そっか……」

「お嬢様を送った者たちも、ポンサール領へ戻ってきました」

「えっ、船長たちが？」

「はい。『船はまあ、動かなくなっちまいましたが、お嬢様は間違いなく、帝国に送り届けてきましたわ！　がははは！』と、大笑いしておりました」

船長の口真似をダミアンがしたので、ぷっと噴き出してしまった。

「そっか……船長たちも無事なのね……よかった」

故郷の話が聞けるだけで、胸がいっぱいだった。

まさかその後、兄が宮廷内で爆破テロを起こし投獄されるとは思いもしなかった。

第7章

悔しいの日々は、おしまいにしよう

「何かの間違いですよね……？」

声を振り絞って言うのが、やっとだった。

ダミアンの話を陛下に伝えた閣下は、兄の投獄、という全く予想外のことを言ってきた。王太子妃マーガレット様のお茶会で、兄が爆弾を仕掛けた。爆弾は本の中に隠されていた。

わたしとダミアンは閣下に呼ばれ、防音室で話を聞いている最中である。

「諜報員からの知らせを受けて、サイユ王国に滞在している大使に確認もした。いち早く、母上のところに報告が来て、俺に伝えられたから間違いじゃない」

閣下は機械みたいな冷たい表情で、淡々と言う。その表情は何よりも真実を物語っていて、わたしの膝は震えた。

「あり得ません……アラン坊ちゃんが、マーガレット妃殿下を殺害しようとするなど……」

ダミアンも声を震わせている。

「一年前、妹を追放された恨みによっての犯行らしい」

「そんなこと、あり得ません‼」

かっと脳天に血が上った。

「にいさまは王太子殿下の治世を支えるために宮廷にいたはずです！　マーガレット様を守ろうとしたに決まっています！」

振り絞るように叫んでも、閣下の瞳は冷えたままだ。全てを逃さず見通すような紅い瞳が、現実の残酷さを教えてくれる。悔しくて、涙がにじんできた。

ダミアンがそばにあった机に向かって、拳を叩きつけた。

「……お嬢様と同じ手口で、坊ちゃんまで貶めたに決まっております……そこまでポンサール家を蔑ろにしたいのかっ！」

ダンッと、机が揺れるほどの力で、ダミアンが机を叩く。赤く腫れた拳を見て、わたしはダミアンの腕に掴まった。ぴたっと、ダミアンが止まる。

「ダメよ、ダミアン……自分を傷つけたら、いけないわ」

ダミアンがわたしを見て、くしゃりと顔を歪ませる。わたしはそっと腕から手を離した。

「……お嬢様、申し訳ありません……退室させていただきます」

「……ダミアン」

ダミアンが力なくほほ笑む。

「少しばかり、頭を冷やして参ります」

ダミアンは両手をピンと伸ばして、深くお辞儀をした。そして、会議室から出ていってしまう。わたしはダミアンを止められなかった。気持ちが痛いほど分かるから。

わたしは閣下を見た。冷えた紅い目を見たら、泣きそうだ。

「閣下、兄が爆弾を持ち込んだのなら、兄がブックマンだとお考えですか？」

「……いいや。アランが帝国に来た時期と、ブックマンの活動時期は被っていない」

わたしは泣くもんかと歯を食いしばりながら、閣下を見やる。

「兄の投獄は冤罪である可能性が高いです。ダミアンの言う通りです」

「俺も同じ考えだよ。胸糞悪い話だ」

閣下の目が怒りで燃えてゆく。

「リアもアランも踏みにじった奴らが、赦せない」

本気で怒ってくれている。それだけで安心した。閣下はわたしたちの味方だ。

「王太子妃である姉上が巻き込まれた以上、帝国も黙っていられない。保安隊の出動だ」

閣下の言葉に背筋が伸びた。

「ブックマンを確保せよ、と陛下の特命を受けた。アランの冤罪も、リアの冤罪も晴らして犯罪者どもを一斉確保する」

「わたしも行きます」

閣下の瞳がわずかに揺れる。

「……私情は、挟めないよ。目的は犯人の確保」

「分かってます。でも、行きたいんです！」

わたしは捲し立てた。

「サイユ王宮内でしたら熟知しています。ブックマン確保にもお役に立てるはずです！　何より、わたしはっ」

私情を挟むなと言われたばかりなのに、感情が爆発した。

「わたしは今まで、ずっと誰かに守られてきました！　兄や父、ポンサール領にいる人々や、閣下や保安隊の仲間にも！」

瞳からはボロボロと涙がこぼれる。思いは止まらない。

「そんな自分が嫌なのです！　悔しいです！　わたしだって、みんなを守りたい！」

目元を乱暴に制服でこすって、閣下に言う。

「きっと、お役に立ちます。だから、連れていってください」

目を広げて言うと、閣下が口角を上げた。

「ウォーカー三等保安士の活躍に期待している。全員、確保するよ」

力強く言われたことに、こくこくうなずいた。

ぐずぐず鼻を鳴らしながら、制服の袖で目元を拭う。そうしていると、不意に閣下に腕を取られ引き寄せられた。後頭部に手が回され、腰を強く抱かれる。

「……リア、泣きたい時は我慢しないでって言ったよね」

「でもっ……だって……」

「今は俺しかいないから」

甘えさせてくれる言葉に、わたしはすがりついた。ひとりじゃ、立っていられないほど辛くて、閣下の制服にしがみつく。

「……どうしてっ……どうして、こんなことができるのですか……あんまりじゃないですか……っ」

子どもみたいな口調で、ぐずぐずに泣く。腰に回された閣下の手が、わたしの制服を強く掴む。

「ああ、そうだね。善意を搾取して利を得ようとする者どもには、報復を――だ」

閣下の声が低く、決意があふれたものになる。

「犯罪者が人を欺くなら、その上をいってやるよ」

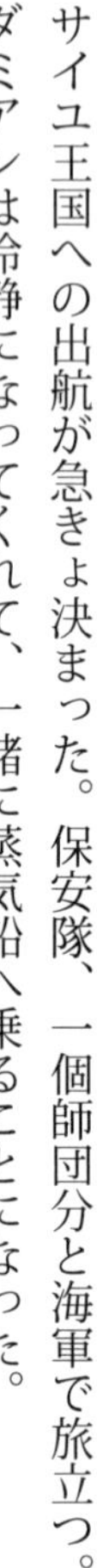

サイユ王国への出航が急きょ決まった。保安隊、一個師団分と海軍で旅立つ。

ダミアンは冷静になってくれて、一緒に蒸気船へ乗ることになった。

わたしと閣下、ペーターさんと数名の保安隊のみ先陣を切って出航した。ダミアンは次の船に乗る。そして、わたしは今、甲板の上から海を眺めていた。

長い船旅は、気持ちを急かすばかりだったので、気晴らしに穏やかな海面を眺めていた。まだ陸は見えない。

「海、好きなんですか？」

「え？」

「じっと見ていたので」

声がする方を向くと、ペーターさんがいた。ペーターさんは今、トレードマークともいえる深紅の制服を着ていない。近衛の服だった。

「海は……あまり、好きじゃないかもです。苦い思い出があるので」

「そうですか」

ペーターさんがわたしの服装をじっと見る。

「その服、いいですね」

わたしの服装はデイ・ドレスだった。

白い生地に金色のアラベスク模様が刺繍され、ウエストは高くベルトで締めている。服は閣下の見立てで、この格好はフェイクだ。

「そうですか……？　ありがとうございます」

「いえいえ。胸の大きさが強調されているデザインは官能的ですし、実に閣下好みの装いだな——うわおっ」

「ははは。ペーターくん。おしゃべりがすぎると、舌を引きちぎるよ」

ペーターさんの背後に、閣下が現れた。閣下は白を基調としたザ・王子様といった印象の服だ。腰までしかないショートマントを左側にだけかけている。マントには金糸の刺繍で帝国の紋章が入っていた。

「急に膝カックンしないでくださいよ」

ペーターさんがやれやれといった様子で両肩をすくめながら、真顔で言う。

「閣下の巨乳好きは、公然の事実じゃないですか」

「ははは。ほんと、黙ってて」

珍しく閣下が焦っている。

なるほど。閣下は巨乳好きらしい。わたしは体に自信がないのだけど、閣下好みのサイズなのだろうか？　ちらりと自分の胸を両脇から寄せて、上げてみる。

「……リア、何をしているの？」

「少し、大きくしようと思いまして。胸は揉みしだくと、育つと聞いたことがあります」

ムニムニ君をむにむにするように、胸をむにむにする。わりと真剣に。

「あー……リアはしなくていいよ」

「？　そうなんですか？」

「俺がバストを発育させるって、言いたいんですよね？」

ペーターさんが真顔で閣下に言うと、閣下はすかさずペーターさんに膝カックンをしていた。

小競り合いを見ていたら、なんだか笑ってしまった。余計な力が抜けていった。

蒸気船がサイユ王国の港に着いた。馬の蹄の形をした港は、入り口は狭く中が広い。貨物船や漁船が列を連ねて止まっていて、人が多く出入りしていた。港の近くに並んだ建物は、淡い色合いのベージュの壁に、蔓や葉、花などをモチーフにした連続模様が描かれていた。異国風情が建物のあちらこちらにある。白い帆が映える街並みだった。

船から降りると、城壁に囲まれた検疫所で、通行証が確認される。そして、わたしたちは待っていた王国の四頭立て馬車に乗り、王宮へと向かった。

王宮は見る者を圧倒するほど、荘厳だった。

中央には三つのアーチがあり、その上には王族が市民に挨拶するためのバルコニーがある。豪華な装飾が施された白い柱が目を惹いた。

正面には、賢王と呼ばれるアンリ四世の騎馬像がある。

アンリ四世の長女は、ポンサール家に嫁いでいる。アンリ四世は、わたしにとって曾祖父にあたる方だ。

アンリ四世の息子、フィリップ一世は華美な装飾を好む方で、王宮はこの時に建てられたものだ。

フィリップ一世に徴用され、財務大臣となったのが、モールドール伯。賢王が築いた財源は、フィリップ一世の統治下で、みるみる失われた。フィリップ一世は長命だったから、余計にサイユ王国は財政破綻の一歩手前まできてしまった。

父は今の陛下に徴用され、財政改革をしようとしていた。

そんな歴史を思い出しているうちに、馬車が来賓用の入り口に横づけされた。

到着を待っていた帝国大使が転がるように走ってくる。まるまる太った方なので、ボールが弾んでいるように見えた。

「デュラン殿下！　お待ちしておりました！」

「出迎えご苦労。さっそく、姉上に会いたいんだけど？」

「あっ……は、はいっ。マーガレット妃殿下に伝えますので、部屋でお待ちください」

大使はひたいの汗をハンカチで拭きながら、部屋へ案内してくれる。王宮に足を踏み入れると、ぞわりと嫌な視線を感じた。門兵、近衛、使用人がわたしを見て足を止めている。大使もちらちらとわたしの顔を見ていた。

「あの、デュラン殿下……その方は……」

「俺の部下だよ。何か気になるの？」

「ああ、いえっ……知っている方によく似ているので……」

「そうなんだ。不思議だね」

「あ……はい」

迫力のある笑顔になった閣下。大使は背中を丸めて、無言になる。大使はわたしと面識があるので、セリア本人なのか疑っているのだろう。髪は染めていないし、ダテ眼鏡をかけていない。服装も令嬢だから、余計に前の姿のままだ。

でも、わたしはぐっと背筋を伸ばして、閣下の後ろに付いていく。

今のわたしは、閣下の部下なのだから。

「こちらで、ございます！」

廊下を曲がり、客間に通される。部屋の扉を開いた大使は甲高い声を出して、閣下に座るように勧める。頭まで支えてくれるハイバックのひとり掛けソファに閣下がゆったりとしたしぐさで座り、足を組む。わたしとペーターさんは閣下の背後に立った。

「で、では！　お待ちください！」

大使は一礼をすると、客間の扉を開いた。銀灰色の礼服を着た男性が、廊下を歩く姿が見えた。

こちらに向かってくる人に、目が釘付けになる。心臓を射抜かれたかのような衝撃。柔らかい膜に爪を立てられ、痛みで呼吸が止まりそうになる。

――嘘……こんなに早く、会うの……？

客間に入ってきたのは、元婚約者のブリュノ殿下だった。

わたしを信じず、わたしを国外追放した人。

ヘーゼル色の目がわたしを捉えた時、耳の奥がキンと鳴った。

殿下の瞳は、信じられないものでも見たように大きく見開かれた。

「ブリュノ殿下⁉　どどど、どうなされたのですかあ‼」

大使の甲高い声に、我に返る。ブリュノ殿下は大使に向かって、顔色を変えずに言った。

「ルベルの使者が来たと聞いたので、私も挨拶に来たまでだ」

低く高圧的な声に、心臓の音が大きくなる。そっと息をはいて、緊張を追い出したが、膝が小刻みに震えだしてしまった。

止まれ。止まれ。……お願いよ。震えないで、止まって！

前に組んでいた手をぎゅっと握った時、ミシミシという破壊音が耳に届く。

次の瞬間、バキバキッ！　という粉砕音がして、わたしは目を開いた。

音は閣下の方から聞こえた。よくよく見ると、木製のひじ掛けが閣下の義手によって、欠けていた。

「デュ、デュラン殿下ー！　どうなさいましたかー！」

大使が仰天して叫ぶ。閣下はちらりとひじ掛けを見た後に、ブリュノ殿下に声をかけた。

「ああ、失礼……まさか貴殿の顔を見ると思わなかったので、動揺しました」

閣下は左手についた木くずを床に落としながら、ゆらりと立ち上がる。一瞬だけ見えた横顔は、犯罪者を捕まえる時に見せる高揚したものだ。

一歩、閣下がブリュノ殿下に近づくと、殿下は目を泳がせて後ずさる。

「わざわざお越しいただけたのですね。デュランです」

「……お噂はかねがね」

「それはそれは。犯罪者は執念深く追いかけ、見つけ次第ねじ伏せる奴——とかでしょうか」

地獄の門が開かれたような怒気を感じるのに、閣下の声は艶やかだった。

その声を聞いていたら、膝の震えが止まった。

閣下は魂が抜けた顔をしている大使に視線を向ける。

「姉上の容態が気になるから、部屋に直接、行くよ」

「ひぇっ！」

大使は丸い体をぴょんと弾ませ、ひたいの汗をハンカチで拭く。

「そ、そそそ、そうでございますね！　気が回らず申し訳ありません！　どうぞ！」

大使は転がるように走り、扉を開く。

閣下は悠然と歩きだした。わたしもその後に続く。

ブリュノ殿下の横を通り過ぎようと顔を上げると、彼は眉間に皺を寄せていた。

忌々しそうな顔をされ、緊張でつばが口の中に溜まっていく。ごくりと飲み干し、足早に立ち去ろうとした。

「アメリアさん、早く行きましょう」

ぱっとペーターさんが視界に入ってくる。ぱちぱちと瞬きを繰り返してペーターさんを見ると、ほんの少し笑っていた。

前を見ると、閣下が振り返って待ってくれている。

おいで、と手を差し伸べてくれた。ほっとして、じわりと目頭が熱くなる。

――情けない。

ドロシー嬢には、過去にできたと言ったのに。

いざ本人を目の前にしたら、こんなにも震えている。あの言葉は、本当に言葉だけだ。

わたしは過去に囚われて進めていない。それは、すごく嫌だった。

部屋から出てブリュノ殿下から遠ざかった時、わたしは両の頬をパシンと叩いた。気弱な自分を振り払いたかった。閣下とペーターさんは、ぎょっとした顔になっていた。

「すみません。動揺しました。でも、もう大丈夫です」

「そんなに力まなくていいよ。加害者に会ったんだから」

閣下は腰をかがめて、指の腹でわたしのほっぺを擦る。

「自分を傷つけちゃダメなんでしょ？」

諭すような声で言われ、ダミアンへそう言ったのを思い出した。

「……そうでしたね」

「そうですよ。殴るなら相手です」

ペーターさんが両肩をすくめて言う。

「オレ、閣下は相手を殴るだろうと思いました。殴らなかったんですね」

閣下がくつくつのどを鳴らして笑う。

「殴っても俺の気が晴れるだけでしょ。それじゃ、意味がないんだよ」

「そうですか。まあ、殴っても、止めませんよ。乱闘になったら、加勢します」

「ははは、頼もしいね」

しれっと言うペーターさんに、閣下は大笑いする。明るい声につられて、わたしまで少し笑ってしまった。

「おふたりがいると、心強いです」

できることをしよう。ふたりほどの度胸がなくても、わたしにも、できることはあるはずだ。

わたしはもう、帝都保安隊のメンバーだ。

「マーガレット妃殿下の部屋は二階です」

何度も通った部屋だ。見取り図は頭の中に入っている。わたしは閣下たちを部屋まで案内した。

わたしたちはマーガレット様をみまうのを装って、王太子殿下に直接、捜査依頼をするつもりである。


大使が知らせてくれたのか、マーガレット様の部屋を訪れると、王太子殿下と一緒にいた。

シャルル王太子殿下は二十二歳で、閣下や兄と同じ年だ。

わたしや兄より茶色がまじった金髪に、ヘーゼル色の瞳。中性的な顔立ちの人。元々、線の細い方だったが、やつれてさらに頼りなさげだ。顔色も悪く、疲労が隠せていない。

「姉上、義兄上、お久しぶりです」

閣下が胸に手を置いて挨拶すると、王太子殿下がそばに来る。

「遠いところをようこそ……」

そう言いつつ、王太子殿下の視線はわたしに向かっている。瞳は大きく開き、苦しげに眉を寄せていた。

「セ、リア……？」

マーガレット様が大きなお腹を手で支えながら、わたしに近づいてくる。皇帝陛下譲りの青い瞳が潤んでいて、今にも泣きだしそう。

マーガレット様には、ずいぶんよくしてもらった。わたしにとっては、姉のような存在。たとえ、ブリュノ殿下のことがあっても、この方を恨む気持ちにはなれない。

切ない気持ちでマーガレット様を見つめていると、閣下が声を出した。

「姉上。彼女はアメリア・ウォーカー。セリア嬢の弁明人として来てもらった俺の部下で、保安隊だよ」

わたしは淑女の礼はせずに、敬礼をした。

「マーガレット妃殿下、お会いできて光栄です」

マーガレット様は瞳から一筋の涙をこぼした。慌てて、目元を押さえている。

「そう……違う方なのね……セリアを思い出してしまったわ……セリアには、サイユ王国に来た時、とてもよくしてもらったのよ。なのに、わたくしは……」

マーガレット様が唇を震わせて、わたしに問いかける。

「セリアは、……元気？」

わたしはぐっと涙を飲み干して、口角を上げた。

「元気にしています。今は仕事もしながら、帝国で暮らしています」

「そう……よかった……本当に、よかった……」

ハラハラと涙を流すマーガレット様。王太子殿下が労るようにマーガレット様の腰に手を添えて、ソファに座らせる。

「君たちも座ってくれ……マーガレットの様子を見に来ただけではないのだろう？」

王太子殿下が沈んだ声で言い、マーガレット様の隣に座る。王太子殿下は憔悴（しょうすい）した顔で、閣下を見上げる。閣下は素早くふたりの対面にあるソファに座った。

「それは話が早いですね」

閣下の声には張りがあった。王太子殿下の懊悩（おうのう）した様子にも意に介さず、犯罪者を見るような冷笑を浮かべている。

「姉上のことは、気がかりでした。出産を控えた大事な時期に、宮廷内で開かれたお茶会で、爆破テロ未遂が起きたと聞き及びましたので」

閣下が本題を切り出すと、王太子殿下が目を泳がせる。

「アラン・フォン・ポンサールが姉上への殺害未遂犯として拘束されているそうですね？」

「それはっ……今は、拘置所にいるだけだ。アランが犯人と決めつけたわけでは……」

王太子殿下がわたしを気にしながら、今の状況を話してくれた。

マーガレット様のお茶会で、兄は警備をしていた。そこへリリアンが突然現れて、マーガレット様に懐妊祝いの絵本を贈った。その本は中身に起爆装置はない。リリアンが「お義姉様、すてきでしょう？」と本のページを広げて出席者の前で披露していた。

ところがリリアンが絵本をテーブルに置こうとした時、兄が駆け寄り彼女を拘束した。兄はリリアンが爆弾入りの本を仕掛けたと訴えたのだ。

リリアンは「爆弾なんて知らない、皆さまもさっきご覧になったでしょう？」と自分の無実を周囲に訴えた。

騒ぎを聞きつけた近衛隊長に兄は取り押さえられた。王子妃に対する乱暴が問いただされ、兄は拘置所に入ることになった。

兄が指摘した通り、本には爆弾が仕掛けられていたが、リリアンが贈った本ではない。兄が妹の国外追放の復讐に、リリアンに罪をなすりつけようとしたと思われていた。

「つまり、アラン卿のみ取り調べを受けて、リリアン妃殿下は容疑者でありながら、自由なわけですね」

閣下が鋭い声で尋ねると、王太子殿下は声を詰まらせる。

「ここはサイユ。帝国とは法が違うでしょう――それにしても、あまりにお粗末な捜査だ」

閣下が言い切ると、王太子殿下が口を引き結ぶ。

「帝国では皇帝陛下といえど、罪を犯したら保安隊が拘留できます。サイユは王族を守るのに特化した法のようですね」

「そういうわけではないっ……アランの調べが終わり無実なら、真犯人を探して……」

その場しのぎの回答を聞いていたら、やるせなさが込み上げた。

――わたしが国外追放された時と一緒だ。この国は何も変わっていない。

「王太子殿下は、ポンサール公爵家をお見捨てになるつもりでしょうか……？」

ふと声が出てしまった。王太子殿下がはっとして、わたしを見る。しんしんと悲しみが心に溜まっていき、わたしは静かな声で話した。

「陛下がお倒れになり、王太子殿下の重責は想像に及びません。しかし、ポンサール公爵家はアンリ五世陛下、シャルル王太子殿下の治世を支えようとしていました」

たった、それだけのことが、こんなにも叶わない。

「……ポンサール公爵も、アラン卿も、セリア嬢も王族の皆さまと同じ目で景色を見ていると思っていたことでしょう。……でも、違ったのですね」

虚無感が体を包んで、わたしは頭を下げた。

「差し出がましいことを申し上げました」

下唇を噛んで、顔を上げると閣下と目が合った。痛々しいものでも見るような切ない目だ。わたしは泣くまいと、薄くほほ笑んだ。

閣下が前を向き、うつむく王太子殿下に厳しい声を投げかける。

「……王が守るものは、血税を貪る害虫でも、自分の体面でもない。……真摯に生きている人々ですよね」

閣下の言葉に王太子殿下が顔を上げる。王太子殿下は膝の上に置いていた手を固く握った。

閣下は王太子殿下を射抜いたまま、胸ポケットにしまった封書を取り出す。

「帝国で連続爆破テロ事件を起こした者が、王宮内にいると密告がありました」

封書の中に入った紙を広げ、王太子殿下に見せつける。王太子殿下は食い入るように紙を見て、ひゅっと息を呑んだ。

「陛下から特命を受けました。帝都を騒がせた犯罪者を確保せよ。保安隊の捜査に、ご協力ください」

じっと返答を待っていると、閣下が切り札を出した。

「ご協力いただけない場合、武力行使に出ます。沖合に保安隊と海軍の船を待機させていますので」

王太子殿下が蒼白する。

「王国が帝国に攻められたと見られますが、よろしいですか?」

「待ってくれ!」

王太子殿下は苦汁を飲まされたような顔をした。

「……すぐに議員を招集する。一日だけ、待ってくれ」

「待てませんよ」

閣下がピシャリと言い切る。

「帝国は爆弾犯の捜査依頼をこの一年してきました。再三の依頼にもかかわらず返事はなし。

帝国は充分、待ちました。これ以上は待てません。ご決断ください。未来の国王陛下」

王太子殿下は視線を彷徨わせた。太ももの上で両手を前に組み、頭を下げ逡巡した。マーガレット様が王太子殿下の手を握り、声をかける。

「殿下、わたくしたちは過ちを正す時にきていますわ」

マーガレット様に王太子殿下が反応し、顔を上げる。王太子殿下は、年相応の顔をしていた。それも一瞬だけ。王太子殿下は背筋を伸ばし、閣下を見やる。今までの気弱な態度が消え、為政者の顔をしていた。

「分かった……捜査に全面協力する」


王太子殿下と閣下は、陛下に謁見することとなった。

わたしとペーターさんは待機を命じられて、保安隊の仮拠点となる大使の部屋に向かう。途中、近衛兵が来て、部屋に案内すると言ってきた。わたしとペーターさんは黙々と前を歩く衛兵に付いていったが、どうも様子がおかしい。なぜ、王族専用の階に行こうとするのだろう。階段を上がろうとしたので、わたしは衛兵に声をかけた。

「わたしたちの部屋はこちらなのですか？」

「そうですが？」

衛兵は振り返り、面倒くさそうに答える。

「二階は王族専用の階だと聞きましたが、本当にこちらなのですか？」

衛兵は舌打ちをして、顔をしかめる。

「王子妃殿下が、貴様をお呼びだ。ああ、そっちの男は必要ない」

ということは、リリアンはわたしがいることに気づいたということだ。何か探りたいことでもあるのか。足をゆすって苛立つ衛兵を見る限り、焦っているようにも見える。

なので、わたしはニッコリとほほ笑んだ。

「王子妃殿下が、わたしをお呼びなのですね。なら、デュラン閣下に許可を得なくては」

「は？」

「上官の許可なく殿下に会うことはできません」

「……リリアン様の命だぞ」

「抗議があるなら、大使へどうぞ。わたしは帝国の人間です。王子妃殿下とはいえ、命令を聞く義務はございません」

「くっ……いいから来い！」

じれた衛兵が、大股で階段を下りてくる。無理やりにでも、連れていく気だ。

保安隊でそこそこ鍛えた脚力を活かせば、大使の部屋までたどり着けるだろう。ペーターさんは、足が速そうなので自力でなんとかしそう！

逃げる態勢をとった時、ひょこっとペーターさんが衛兵とわたしの間に立った。

「サイユの衛兵って、ずいぶん質が悪いんですね。馬鹿が多いんですか？」

ペーターさんが率直な意見を真顔で言う。わたしは目を丸め、衛兵の顔は真っ赤だ。

「無礼だぞ！」

「どっちがですか？　帝国人が仕えるのは、皇帝陛下のみですよ」

ペーターさんがひょいとわたしを小脇に抱える。

――ん？

「なっ！　待て！」

「いやあ、待てと言われて、待つ馬鹿はいないでしょう」

そして、猛ダッシュで走り出してしまった。

――まさか、あなたにまで荷物運びされるとは……。

乗り心地が最悪な運び方をされて、舌を噛まないように必死になる。ペーターさんは真顔で飄々と言ってきた。

「あー、閣下の言う通り、アメリアさんって運びやすいですね」

「ど、どどどど、どういうっ、いうっ、ことっ！　です、か！」

「そして、抱き心地がいい。これ、知られたら、閣下にぶん殴られそうだなあ。アメリアさん、抱いたことは黙っていてくださいね」

「え？　抱き？　え？　え？」

「あ、追ってこないですね。まあ、追ってきたら発砲するだけですけど」

聞き捨てならないことを言われ、ペーターさんを見上げる。ペーターさんの口の端は、やや持ち上がっていた。

「……ペーターさんって、何者ですか……？」

「年齢詐欺師って、よく言われますよ。あ、スピード上げますね」

「にゃあああっ！」

ペーターさんはわたしを抱えながら、大使の部屋に駆け込んだ。大使はげっそりしたわたしを見て、腰を抜かしていたけど、無事に部屋に案内してもらえた。

それにしても、リリアンはわたしになんの用だったのだろう？

満足げな笑顔を思い出し、無視を決め込むことにした。

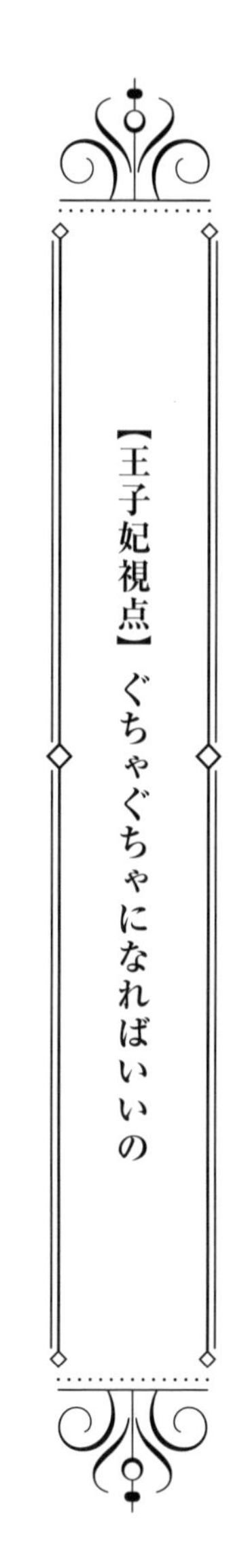

【王子妃視点】ぐちゃぐちゃになればいいの

「は？　来なかったの？」

わたくし、リリアン・フォン・サイユは目の前で膝をつく衛兵に冷めた視線を送った。衛兵が背中を震わせる。

「……あの女は帝国の使者ですので、大使の許可がないと接触はできません」

「だったらさっさと、許可とやらを取ってきなさい」

「……難しいです。大使はデュラン殿下が許可しないと言っています」

何よ、それ。

「わたくしは王子妃よ。なぜ小娘ひとり、連れてこられないの？」

衛兵は黙ってしまう。イライラして、わたくしは親指の爪を噛んだ。

帝国から使者が来た。わたくしの耳に来訪は告げられず、急に今日になって知った。使者はマーガレット様の弟だと言うから、歓談のパーティーでも開かれると思ったのに会場も時間も知らされていない。

ドレスを新調させてもらえないなんて、冗談じゃないわ。

苛立ったわたくしは、使用人に言いつけて使者のことを探らせたの。外見の特徴から、セリアらしき人物がいた。アメリアとか名前を変えているようだけど、あの髪とあの瞳はポンサール家の人間に違いない。

だから、呼びつけて確認しようと思ったのに、できないなんて！

ギリギリ噛んでいると、爪がギザギザになってしまった。後で、念入りに手入れをしないといけないわね。爪が美しくない王子妃なんて、王子妃じゃないわ。

「役立たずね。もう、いいわ」

わたくしは手を振って衛兵を下がらせ、代わりに侍女を呼びつける。

「プディングを持ってきて。生クリームをたっぷり付けるのよ」

「かしこまりました」

むしゃくしゃする時は、甘いものを食べるに限るわ。ああ、でも、プディングなんか食べたら、セリアみたいに下品な体になってしまうかもね。

セリアって胸が大きいから、わざと見せつけるような服を着ていたのよ？　胸元を少し開けたドレスを着て、ブリュノ様の前に出てきた時は、呆れてしまった。

色気を出そうとしたのよね。最低。

でも、ふふっ。セリアったら失敗して、ブリュノ様に罵倒されていたのよ。現場をこっそり見た時は、大笑いしたわ。はー、いい気味。

「やっぱりホットチョコレートにして。シナモンとクリームをたっぷり入れるのよ」

「かしこまりました」

侍女が下がると、わたくしはソファの背もたれに体を預けた。

いい、座り心地。最高級の家具職人に作らせてよかったわ。ふふ、王子妃になった特権よね。男爵家の娘だと、高級店の家具職人は見向きもしない。わたくしのための椅子を家具職人が熱心に作る様を見るのは、気分がよかったわ。

「リリアン様、ホットチョコレートの用意ができました」

侍女がテーブルの上に茶器を置く。わたくしは陶器で作られた茶器に指をかける。カカオの芳醇な香りがして、気分が高揚する。ひとくち飲めば、甘みが舌に広がった。ああ、最高。

ホットチョコレートなんて、王宮に来る前までは知らなかった。今ではやみつきだ。

——それにしても、あの女。

セリアに間違いないのに、いまさら、何しに来たのよ。イライラするわ。

セリアのことは前から気に入らなかった。彗眼(けいがん)の令嬢とか、ポンサールの秘蔵っ子とか言われて、周りにちやほやされていたのよ？

わたし、一生懸命やっていますアピールがひどくて、鼻についたわ。だから、全部、奪ってやろうと思ったの。ブリュノ様も、王子妃という立場も。

ブリュノ様に近づくのは、案外、簡単だった。彼はひとりで庭を眺める習慣があったのよ。

そして、わたくしのお父様は宮廷の庭園の一角に作られたアカデミーの施設で、陛下のための薬を研究していたわ。わたくしは研究所に付いてきたのよ。

王宮勤めのいい男を捕まえようと思ってね。

そして、ひとりで庭園を散策しているブリュノ様に出会ったの。最初はそりゃあ、塩対応だったわよ。でも、そのうちに話をしてくれるようになったわ。

ま、話の内容は、セリアと王太子殿下の愚痴だったけど。

『セリアは細かすぎる。口を開けば予算、予算と煩わしい』

ブリュノ様はセリアを煙たがっているようだった。最初の頃は、セリアを大事にしようかと思ったらしいけど、自分が作った資料や、公務について口うるさく言うものだから嫌になったんですって。分かるわー。できて当たり前でしょ？　という顔をされると腹立つわよね。

ブリュノ様は王太子殿下とも不仲だった。

王太子殿下は公平な王の血を引き継いだ堅実な人と言われているけど、わたくしに言わせると真面目すぎて面白くない方だ。

その点、ブリュノ様はいいわ。できる兄と比較され続けて、めいっぱい劣等感を腹に溜めていて、不満をわたくしに垂れるしかできない。ちょろそうで、可愛いじゃない？

わたくしはブリュノ様の話を熱心に聞いて、ある贈り物をした。

お父様がお母様を口説いた時に使った自作の軟膏よ。わたくしのお父様は情熱的な方で、どうしてもお母様が欲しかったんですって。だから、お母様を洗脳したのよ。ふふっ、愛よね。

手荒れによく効くからという理由で、ブリュノ様に軟膏を送った。手紙も添えたわ。


あなたは素晴らしい人。

あなたを認めない人の方がおかしい。

あなたは間違っていない。

あなたはあなたのままでいい。

あなたは常に正しく、王の器がある人です。


ブリュノ様は軟膏を気に入ってくれたわ。軟膏の効果は抜群で、二ヶ月も経てば、ブリュノ様のわたくしを見る目が変わった。

恋人のように熱っぽい視線を送ってくれて、王宮の中庭でわたくしの腰を抱き、キスをしてくれたわ。背後でセリアが見ているのも気づかずに。

『ブリュノ様……セリア様が……』

『構わない。今はリリアンが欲しい』

ブリュノ様の瞳の中には、わたくししかいなかった。中庭で押し倒されそうになったから、わたくしは彼の部屋に行きたいとねだった。部屋に入ると、性急にベッドに連れていかれて、唇を奪われる。

『ブリュノ様……ここにセリア様は……』

『来たことがない。あれとは執務室でしか会わない』

その言葉に内心で高笑いした。

いくら公爵令嬢だと言っても、男女の情欲には敵わない。彼が求めているのは、わたくしだ。

彼が求めるだけ、体を捧げ、わたくしたちの蜜月は濃厚なものになっていった。

それに対して、ブリュノ様はより一層、セリアを毛嫌いした。

ブリュノ様の心がわたくしに傾いた頃、貴族議員重鎮、モールドール伯から密かに呼び出しがあった。モールドール伯はお父様を宮廷に引き入れてくれた恩人。縦ロールがたっぷりついたカツラを被った老人だった。紳士というよりは底知れぬ野望を抱いた人って感じね。

ブリュノ殿下のことを言われるか、一夜を共にしろと強制してくるかと思ったけど、全く違ったの。彼はポンサール公爵家が、いかに貴族にとって害悪か話しだした。税金なんて平民に納めさせればいいのに、貴族からもむしり取ろうとしているんですって。

『ブリュノ殿下の婚約者がポンサールの娘であることは、誠に遺憾です。いけませんな。いけませんよ。代わりにあなたがブリュノ殿下と添い遂げてくだされればよろしいのに』

『まあ、そのようなこと……』

『またまた、ご謙遜を。ブリュノ殿下もあなたを気に入っていらっしゃる』

モールドール伯という後ろ盾があれば、わたくしは王子妃になれそうだ。老人の意図は不明だけど、わたくしにはどうでもよい。

——チャンスが来た。セリアを潰すために、アレを使う。

伯父様が作った爆弾だ。宮廷内で爆弾が仕掛けられたら大騒ぎよね？　だから、セリアの名前で、侍女にメッセージカードを作らせた。ふふっ。筆跡がバレないように、侍女は解雇してやったわ。

爆弾の贈り物をされたと泣いたら、ブリュノ様はあっさり信じてくれたの。

それからブリュノ様は議員を招集し、セリアの処罰を決めていた。

モールドール伯はすぐに『国外追放を！』と言いだし、彼の腰巾着、法務大臣に一筆書かせて焼きごてを準備させていた。

セリアが泣いて烙印を押されるところを見た時は、胸がスッとしたわ。

惨めにセリアが追放された後は、王宮の周りでウロウロしていた記者に、セリアの悪事を流したの。あの者たちはゴシップを欲していたから、すぐに食いついたわ。

ふふっ。あのポンサール家の者が、嫉妬して爆破テロを起こすなんて特大のネタよね？

ゴシップはあっという間に広まっていった。セリアはすっかり悪女扱い。モールドール伯はゴシップを利用して王家の威厳を保てと、王太子殿下に突きつけていた。

『王太子殿下、今すぐブリュノ殿下とリリアン嬢の婚姻をお認めなされ。そうすれば、悪女を罰した正義の王子として、ブリュノ殿下の名も広く知れ渡ることでしょう』

王太子殿下は渋い顔をしていたけど、結局、わたくしたちの婚姻を認めた。

結婚式をして、平民に向かってバルコニーから手を振った時は最高の気分だったわ。

——ざまあみろ、セリア。わたくしの勝ちだ。

「……それなのに、あの女が戻ってくるなんて……」

ま、でもいいわ。

正体を暴いて、見せしめにすればいい。いくら帝国とはいえ、身分を詐称した者を使者に送りつけてくるなんて非礼だ。さっさと追い出してしまえばいいのよ。

あの女の肌には、消せない烙印があるのだから。

わたくしは上機嫌で、ホットチョコレートを飲み干す。

しばらく経つと、ブリュノ様が夫婦の部屋に戻ってきた。わたくしは茶器をテーブルに置いて、彼に近づく。

「お仕事、お疲れ様です」

「ああ……」

ブリュノ様から返事があった。あら、声に張りがあるわ。今日は機嫌がよさそう。

結婚式はうっとりするほどすてきだったのに、結婚してからのブリュノ様は、ぼーっとしていたと思ったら急にイライラしたりして、不機嫌だった。ベッドの上でも淡々としていて、つまらなかったわ。軟膏を使いすぎちゃったかしら?

「何かいいことがございましたの?」

「分かるのか?」

「あなたのことなら」

うっとりと見つめると、ブリュノ様の口の端が持ち上がる。いつになく異様な雰囲気を感じて、笑顔が固まった。

「セリアを見つけた」

「え……？」

「セリアだ。向日葵色の瞳は、王家の血筋の証。アメリアなどと言われていたが、あれはセリアだ。戻ってきたんだ」

「……セリアは国外追放したはずでは？」

「戻ってきたんだ、私のもとに」

くつくつのどを鳴らすブリュノ様に背筋が凍る。ヘーゼル色の瞳はわたくしを見ていない。

「……戻ってきたら、どうなさるのですか？」

「手元に置く」

――は？

「……あの向日葵色の瞳が、絶望するのをもう一度、見たい」

「何を、おっしゃって……」

「セリアを失ってから、仕事は進まないし、苛立つ日々だった。追放ではなく、国内に拘禁すればよかったな……」

「仕事って……セリアは細かすぎて殿下のお仕事の邪魔をしていたのでは？」

「細かすぎたが、官吏はセリアが作った書類ではないと差し戻してきたんだ。だから、全部おまえが作れと言って、セリアに報告書を作らせていた」

——それって、自分がやる仕事では？

「会議で議題に上がったことも、セリアに意見を書かせていたのだが、それを自分でしなくてはいけなくなった。他の者に資料を集めさせても、遅くて苛立つことばっかりだな」

ブリュノ様がうっとおしそうに首元をゆるめる。

「兄上は議会に参加しなくてよいと言いだすし。私を政務から外そうとしているんだ。馬鹿にしやがって！」

ブリュノ様の愚痴が始まってしまった。長いので、適当にうなずいておきましょ。

「だが、セリアが戻ってきたのなら、下に置いて働かせればいい。あいつは私のことが好きだったしな。戻ってこいといえば、付いてくるだろう」

上機嫌に笑いながら、ブリュノ様はセリアのことを話す。どうやら彼は、セリアと会ったらしい。

「あいつ……私を見て、怯えた顔をしていた。あの顔は、最高にいい」

「他の女の話なんかなさらないで？　嫉妬してしまうわ」

「嫉妬は不要だ……セリアに愛情を感じたことはなかったし、所詮、父上に言われたから婚約者になっただけだ。あれは使い勝手のいい道具だ」

ヘーゼル色の瞳はわたくしを見ていない。でも、焦ることはないわ。わたくしの都合よく彼が動けばいいのだから。

「ねぇ、あなた」

ブリュノ様の首に腕を回す。口づけをせがもうとして、腕を外された。

「疲れているんだ」

そっけなく言われて、カチンときた。

「マーガレット様は身ごもったのよ！　わたくしたちも子どもを作らないと！」

「疲れていると言っただろう。別の日にしてくれ」

呆れたように言われて、ブリュノ様は続きの間へ行ってしまった。


——はあああああ!?

「何よ、あの態度！」

わたくしは気がおさまらず、ソファにあったクッションに爪を立てて引き裂く。羽毛が飛び出てもかまわない。怒りのままに投げつけ、ヒールを履いた足で踏みつける。

「何よ、いまさら、セリア、セリア、セリアって！」

どいつもこいつも、あの女のことばっかじゃない！

マーガレット様もそう。前からわたくしのこと、眼中にないって顔をしていたのよ。

ひとりだけ懐妊して、幸せそうなオーラを振りまいちゃって、気に入らなかった。

だから、脅してやろうと思って、爆弾を持ち込んだのに、あのアランとかいう男が邪魔したのよね。

セリアの兄、アランって近衛も、わたくしを無視し続けたわ。審問の時、ブリュノ様に懇願する姿が無様でよかったから、可愛がってやろうと思ったのに。ちっともなびかない。躓くふりをして、アランにしなだれかかって軟膏を渡したのに、あの男！

『王子妃殿下がブリュノ殿下以外に私的な贈り物をされていたとあっては、よからぬ噂を招くでしょう。……王子妃殿下はひとりの男では満足できない方であると』

とか言っちゃって、わたくしを股のゆるい女扱いしたのよ！　さ・い・あ・くっ！

だから、爆破テロの罪をなすりつけてやったのよ。モールドール伯はアランの逮捕を喜んでいたし、セリア絡みでアランの罪を作り上げるのは、簡単だったわ。

でも、あれはムカついたわね。

アランはね。わたくしを見て『地獄へ堕ちろ、毒婦っ！』とか言ったのよ。わたくしは王子妃なのに、不敬じゃない？

息を乱しながら、ぐしゃぐしゃになったクッションを見つめる。

セリアもこうなればいいのよ。

「ふ、ふふっ。そうよ……そうすればいいんだわ」

わたくしはお父様の研究室へ足を運んだ。

「リリアン、どうしたんだい？」

お父様はわたくしに優しい。王子妃になってから、研究がたくさんできると喜んでいた。

「伯父様は、どこにいらっしゃるの？」

「ああ、ラチュードなら、庭の草木を見ているよ」

「そうですか。行って参りますわ」

わたくしは庭の草木を手入れしている伯父様のもとへ行った。伯父様は神経質な方だけど、わたくしには心を許してくれている。

三年前に、伯父様がご病気になられて爆弾を作りだした時は、家族全員で守ったの。一緒に王国へ来た時は、不安定だったけど、例の軟膏のおかげで、精神が安定している。伯父様は花が好きで、植物を愛する純粋な方だ。

「伯父様」

声をかけると、伯父様がこちらを向く。くぼんだ眼差しでじっと見つめられ、わたくしはほほ笑んだ。

「伯父様。また玩具をくださらない？」

「……あれか……次は何に使うんだ……」

「あの憎き、ポンサール公爵の娘が戻ってきたのよ」

伯父様の瞳が大きく開く。

「ポンサール公爵は陛下をそそのかし、特権が認められた貴族から税金をむしり取る悪党よ。その娘も同罪。陛下の具合は悪いし、王太子殿下の妻は帝国の姫。ポンサール公爵は帝国びいきだし、王太子殿下の力が増したら、帝国との同盟力が強くなるわ。そしたら、どうなるかしら？　王国も、帝都みたいに霧に包まれ、空気がまずくなるかも」

「あ、ああ……あああああ」

「そうなったら、伯父様が愛する植物たちが可哀想だわ」

「ああ……あああああっ」

「ねぇ、伯父様。わたくし、伯父様の愛するものを守りたいのよ」

第8章 あなたのしたことは結婚詐欺ですよ

サイユ王の許可が出た。これで保安隊は堂々と王宮内を捜査できる。第二陣として港で待機していた保安隊が宮廷に入る。ダミアンは密告者として危険が及ぶ可能性があるため、海軍の船で待機中だ。

王宮内で予定されていたすべての舞踏会や行事は中止となり、調査が終わるまで王宮は封鎖されることになった。

わたしはデイ・ドレスを脱ぎ、保安隊の制服に着替える。閣下も、ペーターさんも。

深紅の制服を身に着けると、閣下の自信に満ちた瞳を思い出して、少し強くなれる。

胸元に刺繍された白い鷲は、自信がなかった体に誇りを与えた。サイユ王国に戻ってきて、よりいっそう保安隊になってよかったと思える。

「アランが集めた証拠を押収する」

閣下の指示で、兄が使っていた部屋を調べた。

「閣下。このチェストの底が、二重になっています」

底を開くとメッセージカードと共に、調査資料が出てくる。ガラスの小瓶に軟膏が入っていて、兄の書置きにはリリアンから貰ったと記されてあった。

軟膏の成分が分析された紙まである。解析したのはキリルという植物学者。ダミアンが言っていた協力者だろうか。

兄はメッセージカードを書いた人物を探していた。そして、リリアンが暇を出した侍女だろうと予想していた。侍女はリリアンに解雇され、行方知れずとなっている。

「侍女の足取りを探って、連れてきて」

「オレ、行ってきます」

「頼んだよ。ペーターくん」

侍女が自白してくれれば、わたしの冤罪も兄の容疑も晴れるかもしれない。わたしは期待を持ちつつ、証拠を集めていく。

閣下はブックマンの確保だけではなく、わたしと兄の冤罪も含めて捜査を進めてくれた。だが、宮廷を守る近衛にとっては、保安隊の侵入は困惑するものだった。捜査が始まってすぐに、近衛隊長から、閣下に抗議がきた。

「勝手をされては困ります！　アラン卿の容疑については、私たちが調べますので！」

「君たちには任せられない」

「……サイユ王国で起こったことは、私たちがきちんと調査する規則でありまして……」

「きちんと調査できていないから、保安隊が捜査しているんだよ。分かっている？」

「いや、しかしっ……」

「アラン卿の容疑は事件の全貌を明かすのに必須。これ以上、君たちと話すことはない」

閣下は何を言われても意思を曲げなかった。

保安隊と近衛の足並みはそろわない。突如、閉鎖された王宮に勤める貴族・使用人からは不満の声が上がっていた。保安隊の侵入を許したことで、王太子殿下は貴族議員に責められていた。

「王太子殿下。帝国にいいようにされては、属国のように見られますぞ！　諸外国になんと言い訳するのか」

「……真実を明るみにするだけだ」

「しかしっ」

「……ポンサール一族を失ってから、財務関係が立ちゆかなくなっている……僕たちは彼らの価値を見誤っていたのだろうな」

「王太子殿下？」

「これは報いなんだよ。未熟な僕への罰だ」

王太子殿下はわたしたちに全面協力の姿勢を崩さなかった。

閣下は最初、ブックマン、本名、ラチュード・クローデルの逮捕に乗り出した。

ラチュードは宮廷の研究所にいて、クローデル男爵の助手をしていた。助手といっても、花を管理していただけで、庭師のようだ。

丹念に庭の手入れをしているところを確保したが、本人は意味不明なことを叫んでいた。

「ああっ……ああああっ」

錯乱するラチュードに閣下は怒りを顕にして、クローデル男爵に尋ねた。

「クローデル、君、ラチュードに何をした？」

「あ、そ、れは」

ラチュードは子どものように喚くだけで、自身が何をしていたのか分かっていない。精神が蝕まれていて、連続爆破テロ事件のこともあやふやだった。それでも、閣下は容赦なかった。

閣下は義手でラチュードの頭を掴む。

「君が覚えていなくても、俺は覚えているんだよ。この義手が君の罪の証だ」

「あ、あぁぁ」

「帝国に連れていく。二度と太陽が拝めると思うなよ！」

ブックマン、及びクローデル男爵の確保はあっさりと済み、男爵の自供を基に、真実が明るみになっていく。裏付けの証拠をかき集めるために、わたしも王宮を駆け回った。

セリアの調べは本人ではいけないということで、閣下が直接、調べてくれていた。戸籍や経歴の書類を持って、捜査本部が置かれた大使の部屋に足早に歩いていく。廊下の角を曲がろうとしたら、前方から近衛兵の声が聞こえた。思わず、足が止まる。

「ブリュノ殿下、部屋にお戻りください！　殿下は今、取り調べを受ける身です！」

「うるさい、黙れ！　なぜ、私が拘禁されるのだ！」

「陛下のご命令です！」

「父上は病気だ！　指示を出せない！　……そうか。兄上の命だな！　兄上はどこにいる!?」

怒りを顕にして、ブリュノ殿下が大股で近づいてくる。深紅の制服を身に着けたせいだろうか。ひとりでも不思議と、怖くはなかった。

わたしが無言で立っていると、ブリュノ殿下がわたしに気づいて足を止めた。ヘーゼル色の瞳に動揺が見える。

「……その姿……おまえは保安隊か」

黙っていると、ブリュノ殿下の瞳が愉悦に染まりだす。口元には、気絶する前に見た満足げな笑みが浮かんでいた。

「保安隊……そうか……おまえの差し金で、こんな事態になっているのか？」

「捜査に関することはお答えできません」

はっきり言うと、ブリュノ殿下の眉間に深い皺が刻まれた。

「……気に入らない目だな……前はビクビクしていたくせに」

わたしがセリアだって、ブリュノ殿下は気づいているのだろう。誰もが疑っているから、当然だ。予想できたことでもある。

しかし、真実を見ない人に、真実を語る必要もない。――今は。

「なんのお話か、分かりかねますわ」

わたしはニッコリと笑った。かなり、嫌味で。

「どなたかと、お間違いになっていませんか？」

ブリュノ殿下はひたいに青筋を立てる。

「貴様！　いつから私にそのような口を利くようになった！」

怒鳴られても、心が荒れることはない。穏やかなまま、冷えていた。彼は容疑者だ。わたしは、いつものようにクローザーをやればよい。

落ち着いていたのは、ブリュノ殿下の背後に白皙の美貌を見つけたからだ。怒りに燃える紅い瞳が近づいてくる。こんな時なのに、いや、こんな時だからこそ、カッコよく見えてしまった。

「聞いているのか！」

ブリュノ殿下に腕を掴まれ、抱えていた紙がひらりと腕から滑り落ちる。わたしはキッとブリュノ殿下をにらんだ。

「お離しください！」

ブリュノ殿下の手を渾身の力で振り払った。書類を抱えながら、後ろに下がる。抵抗されると思わなかったのか、ブリュノ殿下は瞠目したまま固まった。

と、同時に背後に回り込んだ閣下が、ブリュノ殿下の首をホールドした。首を締め上げ、ブリュノ殿下が苦しんで暴れる。しかし、閣下の拘束は強く、びくともしない。

「俺の部下に、触れないでいただけませんか？」

「ぐっ……がはっ」

閣下はブリュノ殿下を投げ捨てると、わたしの前にさっと立った。ブリュノ殿下はのど元に手を付け、むせながらも、尚も怒りを顕にする。

「貴様っ……不敬だぞ！　誰に向かって物事を言っていると――!!」

――バキン！

怒号を打ち消すように破壊音が響いた。閣下が左腕を振り上げ、木製の壁に大穴を開けていた。鋼の拳を壁にめり込ませながら、閣下が言う。

「誰に向かって……？　犯罪者に決まってんだろうが」

ドスの利いた声があたりに響いた。

わたしもブリュノ殿下も言葉を失う中、閣下は鋼の拳を壁から引き抜いた。

ぱらっ、と木くずが、壁から落ちていく。

閣下は極上の冷笑を口元に浮かべていた。美しくて、残忍さが滲んだ笑みだ。

「あなたはサイユ王の沙汰があるまで拘禁されているはずですが、どうやら、ご自身の立場が分かっていないようですね？」

「なんの話だ……」

閣下は胸ポケットからわたしの名前が入ったメッセージカードを取り出した。

「覚えていますか？　あなたがセリア嬢を断罪した時、このカードを証拠としましたね？」

「そ、れが……どうした……と」

「このカードに使われているのは、羊皮紙です。ですが、セリア嬢はあなたの婚約者となってから、手すきの紙を使っています。厚手のもので、さらっとした触り心地ですね」

そういえば、閣下からメッセージカードの材質について話を聞かされていた。

「セリア嬢は実に真面目に公務をしていたのでしょう。王子妃教育費から使ったものは全て本人が帳簿を付けています。過去、七年間にわたって帳簿を見ても、羊皮紙の購入は見当たりませんでした」

「……それがなんだと言うのだ……たかが、紙、だろう……」

じりじりと後退するブリュノ殿下を、閣下が追いかける。

「たかが、紙……ね。その言葉、ひとつだけで、あなたがセリア嬢をいかに蔑ろにしてきたか分かる」

「……何が言いたい」

「メッセージカードの文字もセリア嬢の文字とは似ても似つかないですね。メッセージカードの文字は震えていて、緊張感が伝わってきます。セリア嬢の筆跡の特徴である【a】の跳ね上がり方も、違う。保安隊の筆跡鑑定士の話では、別人、だという話でした」

「……それだけでは、証拠にならんだろう……」

「セリア嬢がやったという証拠にもなりません。分かりませんか？　このカードだけでは、セリア嬢を罪人にするには不十分です」

ブリュノ殿下が、ぐぅとのどを鳴らす。

「それよりも俺が分からないのが、なぜ、あなたが紙も筆跡も違うことに気づかなかったのか、という点です。紙の材質は違いますし、触れればおかしいと思うはずですよね？」

閣下が大股で、ブリュノ殿下に近づく。

「七年間、婚約者だったあなたが、なぜ、気づかなかったのですか？　あなたは何度も、セリア嬢から手紙を受け取っていますよね？」

ブリュノ殿下が目を泳がせながら、無言になる。閣下が歩みをぴたっと止めた。

「――答えろ、クズ野郎!!」

そして、怒号を飛ばしながら、ずかずかと遠慮なくブリュノ殿下に近づいていく。ひっと声を上げ蒼白し、ブリュノ殿下は後ずさっていく。

「セリア嬢とあなたの公務の話を関係者に聞いたが、どうも様子がおかしい。教会への視察をした際は、すべてセリア嬢が報告書を作っている。それなのに改善案は、あなたが提案したように見えるのは、なぜだ？」

「セリアは婚約者だ……私を手伝うのは当然で……」

「へえ……つまり、セリア嬢が作成したものは、自分の手柄にした——というわけか」

「ちがっ……！」

視察は、父からの依頼を受けてしていたものだった。教会は信者から寄付金を募っていたが、その土地の領主と癒着して不正に寄付金を巻き上げるということもあった。教会には孤児院や施療院も併設させていたから、医療や支援が行き届いているか、見て回っていたのだ。

また無料診察した際には、国から補助金が出る。医師にかかれない人を診ることで、感染症の流行を抑制していた。そのための手続き資料は、わたしが作っていた。

王太子殿下は忙しいから、細かい領地の見回りをブリュノ殿下と共にしていた。

ブリュノ殿下は子どもが好きではなく、不潔な場所に行きたがらなかった。一緒に行ったのは一回きりで、あとはわたしが視察して、報告書をまとめてブリュノ殿下に提出していた。

おかしなところがある場合は、資料にまとめてブリュノ殿下に報告していた。女性であるわたしは会議の場には出られないため、殿下が出席していたのだ。

それは、任された公務なので、しなくてはいけないことだと思っていた。

——でも、そうね。

わたしだけが方々を回り、資料をかき集め、眠い目をこすりながら視察の報告書を作る必要はなかったんだ。閣下の言葉を聞いていると、目が醒めていくようで不思議だった。

「セリア嬢は婚約者としてあなたを支えていた。なぜ、切り捨てられた。なぜ、誠実さに欠いた行為をした」

「誠実など……私たちの婚約は王命で……」

「親が決めたから、自分の意志ではないから、とか言うんじゃねえぞ。それは言い訳にすらならない！」

閣下がブリュノ殿下を追いつめ、胸ぐらに掴みかかった。首を絞めそうな勢いで、ブリュノ殿下は閣下の拘束を外そうともがいている。

「セリア嬢は心のない人形でも、あなたの都合よく動く手足でもない——婚約者のために誠実であろうと努力していた人だ」

——ダンッ！

ブリュノ殿下は拘束されたまま、壁に押しつけられる。閣下は左手の拳を振り上げた。

「ブリュノ・フォン・サイユ！　貴殿が罪の自覚もなく、今までのうのうと生きてこられたのはサイユ王国だったからだ！　帝国にいたら俺がとっくの昔に、刑務所に送っている!!」

——バキッ！

ブリュノ殿下の顔面すれすれの壁に、閣下の拳がめり込む。首の拘束が解かれ、ブリュノ殿下は壁に背中を付けたまま、ずるずると腰を床に落とした。

「あなたはセリア嬢の献身を搾取した。そして彼女が積み上げたものを全て奪い、一方的に婚約破棄をした。脅迫罪、強要罪、侮辱罪……複数の罪に該当する行為ですよ」

「……そんなことは……」

「ああ、まったくもって不思議なことに婚約破棄後に、あなたはすぐに結婚されているんですよね？　セリア嬢と結婚する気があったのかも疑わしい。リリアン男爵令嬢と出会ってから、あなたは彼女と逢瀬を重ねていたんでしょう？　セリア嬢という婚約者がいるのにもかかわらず」

ブリュノ殿下は無言になったが、閣下はさらに畳みかける。

「おふたりはそれはそれは幸せそうに結婚されたそうですね。婚約者がありながら、他の女性と親密な関係だったことは、自らが証明している――反吐が出るぐらいにな！」

尻を床に付けたブリュノ殿下を追いかけるように、閣下が腰を曲げる。閣下は極上の冷笑をブリュノ殿下におみまいした。

「あなたのしたことは結婚詐欺ですよ」

閣下は壁から拳を抜き、ブリュノ殿下を見下ろした。

「人の善意に付け込んだ詐欺行為は、許されるべきではない。王の処断を待つことだな」

目を見開いたまま言葉もなくうなだれるブリュノ殿下。閣下は近衛に声をかける。

「君」

「は、はい！」

「犯罪者を部屋から出すな。拘禁しといて」

「はいっ！」

近衛は放心したブリュノ殿下を連れていった。

ブリュノ殿下がいなくなった後、閣下は嘆息して、わたしの方を向いた。

先ほどまで冷たい言葉をはいていた人とは思えないほど、閣下は弱々しいオーラを出している。傷ついた目をしていた。思わず駆け寄ると、閣下も歩み寄ってくれる。

「リア……ケガはない？」

「大丈夫です……」

「本当に？　あいつに腕を掴まれているように見えたけど」

閣下がわたしの腕を気にしている。わたしは掴まれた腕をさすって、口角を持ち上げた。

「大丈夫です。掴まれたのは、一瞬でしたし」

「強く握られていたら、あざができるよ。念のため、医療班に診てもらおう」

そう言って、閣下は腰を落とし、わたしの背中と膝裏に手を添えて、ふわりと持ち上げる。

「閣下っ歩けます！」

「俺が運びたいの。気持ちが荒れたから、リアを抱っこして癒しを補充中」

閣下は優しい笑顔だったけど、瞳が悲しそうだった。わたしは閣下の制服にしがみつく。

「あの……閣下」

「どうしたの？」

「怒ってくれて、ありがとうございます」

閣下の足がぴたっと止まる。柘榴のような紅い瞳は丸くなって、ぱちぱち瞬きをしていた。

わたしは、へへっと笑う。

「閣下が怒ってくれて、胸がスッとしました」

「……スッとって……本当に？」

「はい」

心から笑って、持っていた資料をぎゅっと握る。

「アラン卿が証拠として保存していた軟膏が、ブリュノ殿下にも使われていたようです」

「……幻覚が見える麻薬か」

わたしは資料を握りしめて、ひとつ息をはいた。

「ブリュノ殿下はセリア嬢を断罪した時、正常ではなかったのでしょう。それでも……」

——それでも、だ。

「セリア・フォン・ポンサールは彼を赦さなくていいと思います」

正常ではなかったという推察をして、心が揺らいだのは確かだ。ブリュノ殿下は麻薬のせいで、意識が混濁していた。ブリュノ殿下は情状酌量の余地があるのかもしれない。

——だが。ぐるぐる考えても、答えはひとつにたどり着く。

わたしはブリュノ殿下にされたことが、どうしようもなく辛かったし、兄にした仕打ちは赦せない。

「それでいいよ」

閣下がぎゅっとわたしを強く引き寄せる。

「セリア嬢は、ブリュノ・フォン・サイユを赦さなくていい。彼がセリア嬢を傷つけた事実は変わらないし、行きすぎた行為をしたのは確かだ。刑を受けるべきだよ」

力強い肯定の言葉だった。

ほっとして、じわりと目の奥が熱くなる。

閣下は苦しげに眉根を寄せて、つぶやくように言った。

「もう、傷つかなくていい。リアは自分のことを守りなよ」

そういった閣下の方が傷ついている顔をしていた。

閣下は優しい人だ。気持ちがあったかくなって、泣きそうなのに笑ってしまう。

「はい……ありがとうございます。閣下」

ぺこりと頭を下げると、閣下の顔が近づいてきた。白皙の美貌が迫ってきて、驚いて目をつぶる。

まぶたの上に、ふにっとしたものが触れた。目を開けると、それは閣下の唇だったと分かった。形のよい唇が、また、近づく。

わたしは惹き込まれるまま、目を閉じた。

閣下の唇とわたしの唇が重なる。合わさっただけの、優しいキスだ。それだけで、わたしは多幸感に包まれていた。

閣下の腕の中が、世界で一番、安心する。この人といれば、怖いものは何もない。

軽く触れあって、閣下がそっと離れていく。

終わるのが寂しくて、閣下の口元をじっと見てしまった。

「……リア、その顔は煽っているよ」

「え……？」

閣下がくすりと笑って、わたしのひたいに軽いキスをする。とろけるような笑みをされ、顔が熱くてぼーっとする。

「リア、好きだよ」

さらりと言われ、目が開いた。

「全部、終わったら、リアの気持ちを聞かせて」

そう言って、閣下はまた歩きだす。迷いのない足取りで、わたしを医療班のもとへ届けてくれる。わたしは胸の奥がいっぱいで、身を小さくした。

「閣下……」

「なあに？」

「終わったら、わたしの気持ちを言いたいです……」

そのためにも、ブリュノ殿下を過去にしたい。わたしは閣下に哀願した。

「待ってて……くれますか？」

閣下はふっと口の端を上げた。

「当たり前でしょ」

なんてことはないように、わがままを許してくれた。また泣きそうだ。

「終わらせるために、犯罪者は一斉、確保だ」

閣下は力強く言い切り大股で歩きだす。わたしを医療班のところまで連れていってくれた。

医療班のバニラさんは、わたしのケガをすぐに診てくれた。事情を説明したら、カンカンに怒ってくれた。

「んまあああ！　腕を掴まれて、恫喝されたの!?　それって暴行罪よ！　ろくでもない男！　サイユの衛兵ちゃんたちは何をしてるのかしらねっ!!」

「……閣下が制裁を加えてくれましたから」

「当然よね！　顔面、ぶん殴ってもおつりが出るわよ！　も〜、アメリアちゃんっ」

「は、はい」

「無理はしないこと。アメリアちゃんは、充分、頑張っているわよ！」

励ましの言葉に、わたしはほほ笑んだ。保安隊の人たちは、あたたかい。

「はい。ありがとうございます」

掴まれたところは、痛みはなく、あざはなかった。

ざわめく保安隊拠点に、無精髭を生やしたペーターさんが帰ってきた。閣下を見つけると歩み寄り、敬礼をする。

「例の侍女、見つかりましたよ。推察通りのことが起きてます」

「ご苦労様、よく見つけてくれたね」

「いえ。不眠不休で駆け回るのは慣れてますから」

ペーターさんは行方不明になっていた侍女を王宮まで連れてきてくれた。彼女は保安隊に保護され、事情を聴くことになった。

そして、集めた証拠を基に、閣下が王太子殿下に掛け合い、わたしの冤罪と兄の容疑について再審議される場が設けられることになった。

「閣下、再審議の証言はわたしにやらせてください」

再審議前日、わたしは閣下にお願いした。閣下は渋い顔をしている。

「審議には俺が立つよ。リアは控えていればいい」

冷たい声で言われても、わたしは食い下がった。

「……わたしの手で終わらせたいのです。お願いです」

「被害者が加害者に会う必要はない。あいつらに会ったら、リアはまた傷つく。俺はそれが我慢できないんだよ」

苛立った声で言われたのに、妙に嬉しかった。閣下は、わたしを思ってくれているからだ。

「それでも閣下。自分の手で決着を付けたいのです。もう悪夢を見ないためにも」

真剣な眼差しで閣下に訴える。わたしたちの間に緊張感が走り、重い沈黙が部屋を包む。ぴんと張りつめた糸のような時を過ごしていると、閣下が嘆息した。とても嫌そうに眉に皺を寄せて言う。

「ウォーカー三等保安士に任せる！」

ぱっと、わたしの目が開いた。閣下は不満そうだったが、わたしは嬉しくて笑顔になる。

閣下は口をへの字にした後、また嘆息した。

「可愛い顔しちゃって……」

閣下はぶつぶつ言いながらも、わたしの前で片膝を折る。まるで求婚するようにひざまずき、わたしを見上げた。不意打ちの行動に、わたしは焦った。

「リア」

名前を呼ばれ、右指を義手で掴まれる。閣下は目を閉じ、わたしの爪の先にキスをした。

どきりとして、心臓の音が高鳴っていく。閣下は目を開け、ニヤリと笑った。

「犯罪者どもは、徹底的に叩きのめしてやりな。何をしてもいい。リアには俺がいる」

爪の先から心へ、自信が満ちていく。

閣下がいれば、怖いものは何もない。

わたしは大きな声で返事をした。

「はい。閣下！」

第9章

あなたは自滅の道を選んだのですね

わたしと兄の冤罪を晴らす再審問はわたしが烙印を押された場所で行われる。あの日と違い、空は快晴だった。

玉座にいるのは、王笏(おうしゃく)を持つ陛下であり、ブリュノ殿下ではない。

陛下は青白い顔をしていたが、重厚なマントを着込んでいた。宮廷医師も控えている。

妃殿下が陛下の横に立っていた。陛下の具合が悪いということで例外的に審問の場にいる。

痩せてしまい今にも倒れそうだった。

王太子殿下とマーガレット様もいて、相対するように反対側には、ブリュノ殿下と、リリアンが立っていた。ブリュノ殿下はぶつぶつつぶやいていて、リリアンは爪を嚙んでいた。

わたしは呼ばれるまで控えている。閣下や他の保安隊も同じくだ。

「アラン・フォン・ポンサールをここへ」

審問の進行役、枢機卿の言葉で、兄が入室する。

麻の簡素な囚人服を着させられ、鉄製の手錠が付いた姿だ。

こけた頬に青白い顔。向日葵のような瞳は影を落としていた。

見るからに痛々しくて、腹が煮えそうだ。

「これより、マーガレット王太子妃殿下、殺害未遂の審問を執り行う」

兄は陛下の前で膝をつかされ、枢機卿が逮捕の経緯を読み上げていく。そして、保安隊から兄の容疑を否定する証拠が提出されたと陛下に説明された。

枢機卿に呼ばれ、わたしは入室した。兄の横に立つ。

「リア……？」

つぶやくような声が、兄から聞こえた。わたしはちょっと泣きそうな気持ちになりながら、兄を見る。兄の向日葵色の瞳が大きく開かれ、輝きが戻っていった。

「大丈夫ですから」

あの日と同じことを言う。でも今度は、強がりなんかじゃない。

わたしは全員を見渡した。腹に力を入れて、背筋を伸ばし敬礼をする。

——詐欺師の上をいく、欺きを。

閣下の自信満々な態度を真似て、言い切る。

「セリア・フォン・ポンサール様の弁明人として参りました。帝都保安隊アメリア・ウォーカーです」

ブリュノ殿下と、リリアンの目が大きく開く。

「ちょっと待ちなさい！　弁明人って何よ！　本人じゃない！」

わたしを指さし、リリアンが叫んだ。枢機卿がリリアンに向かって話す。

「リリアン様、お静かに。陛下の御前です」

「だって、このふたり、同じ髪色と瞳じゃない！」

兄とわたしはそっくりだ。それを肯定するつもりはないけど。

黙って状況を見届けていると、リリアンに向かって、王太子殿下がピシャリと言い切った。

「彼女の身元は、ルベル皇帝の名のもとに保証されたものだ」

「っ……そんなの嘘よ……わたくしは納得できませんわ」

「リリアン……審問の場を騒がせるなら、口を封じるぞ」

王太子殿下が衛兵に指示して、リリアンに猿ぐつわを付けさせようとする。

わたしは挙手をした。

「申し訳ありません、わたしの発言をお許しくださいませ」

王太子殿下は神妙な顔をしながらも、うなずいた。枢機卿に促され、わたしは手を下げ、陛下を見上げた。

「恐れ多くも国王陛下にお伝え申し上げます。猿ぐつわを付けることは、どうかお止めくださいませんか」

リリアンと王太子殿下が目を見張る。視線を感じながらも、枢機卿が声を出した。

「理由をお聞かせください」

わたしは陛下を見上げながら、答えた。

「セリア様は自身が処罰された際、兄上が猿ぐつわを付けられ、声を出せないようにされたとおっしゃっていました。猿ぐつわを付けることは、異なる意見を封じ込める、非常に不適切な行為に映ります」

わたしはリリアンを涼やかに見つめる。

「王子妃殿下であれば、審問の意味をご理解されていることでしょう」

リリアンが歯軋りをして、わたしをにらみつけた。わたしは視線を陛下に戻す。

「どうか厳粛な審問の場を騒ぎ立てるようなことはなさらないようお願い申し上げます」

敬礼をすると、陛下の口が動いた。妃殿下が声を聞き取り、何度かうなずく。そして、陛下の代弁をする。

「リリアン王子妃殿下の振る舞いは、審問の場にふさわしくはない。しかし、アメリア・ウォーカー三等保安士の意見は一考に値する。次に審問の場を騒がせた場合、リリアン・フォン・サイユは退場し、追って沙汰を下す」

「ご一考いただきまして、誠にありがとうございます」

わたしは手を下げた。リリアンはギリギリと爪を噛んでいる。

「僕は未熟だ……」とつぶやく、王太子殿下の声が聞こえた。

あの時の審問の仕方は、ルールに則ったものではなかった。ハッキリと言え、理解されて心がスッとする。わたしは涼しい顔のまま、説明に入った。

兄の容疑を晴らすためには、――セリア（わたし）の容疑を晴らす必要がある。それを証明する人がいると訴えた。ペーターさんが探してくれた侍女だ。

リリアンの実家に侍女として勤めていた彼女は、カトリーヌ・カネという。顔にそばかすがある若い女性だ。カトリーヌは全身を震わせながら、審問の場に入ってきた。枢機卿が彼女に尋ねる。

「あなたがされたことを述べなさい」

「はっ……はいぃ……あのっ……わたしっ……わたしはっ……！」

カトリーヌは崩れるように床に膝をつき、土下座をした。

「リリアンお嬢様に言われて、セリア様の名前をメッセージカードに書きました！　申し訳ありません!!」

リリアンの目が見開く。

「枢機卿！　わたくしは、このような女を知りませんわ！」

「なっ……」

カトリーヌが顔を上げ、絶望したように蒼白した。

「……そんなっ……リリアンお嬢様が、書けと……」

「あなたにお嬢様と呼ばれる筋合いはないわ。どなたなの？」

嫌悪を隠さず言われて、カトリーヌは無言になった。

リリアンは何がなんでも容疑を認めない気なのだろう。そっちがその気なら、戦うまでだ。

ハラハラと涙を流すカトリーヌに、わたしは腰をかがめ話しかける。

「大丈夫ですよ。あなたは被害者ですから」

「えっ……」

わたしはカトリーヌの擁護をした。

「カトリーヌ・カネ様は王子妃殿下のご実家に侍女として雇われておりました。わずか十日ばかりですが、クローデル男爵夫人も認めております」

「はっ？　お母様が……」

「クローデル夫人は顔にそばかすがある侍女が、いたような気がすると言っています」

「そんな、あいまいな」

「それに、カトリーヌ・カネ様が侍女として働いていた十日間。男爵家の庭を彼女が掃除をしている場面を複数の方が目撃しております。彼女は雇用契約書を作るわけでもなく、口頭で侍女になる契約をし、王子妃殿下に突然、解雇されています」

「っ……それが、なんだって言うのよ！　お母様は何も言わなかったわ！」

「だとしたら、クローデル男爵家は、労働者を保護する法律に違反しています」

「はあ？」

わたしは粛々と述べた。

「雇用契約は書面で、解雇通告するのは家を任された者でなければなりません。クローデル家の場合は、男爵夫人です。王子妃殿下は娘ですので、侍女を解雇する権限はございません。それを男爵家では認めてしまっていたのです」

ぎりりっと、リリアンが爪を噛んだ。

「カトリーヌ・カネ様は幼い弟ふたりの身を案じて、真実を打ち明けることはできなかったそうです。ご両親を早くに亡くして、三人でスラムに身を寄せていました。彼女もまた、被害者のひとりです」

「あっ……ああっ」

カトリーヌはその場で泣き崩れた。頭を床にこすりつけて震えている。

「申し訳ありません。申し訳ありません。どうかどうかっ……罰はわたしだけにしてくださいっ……弟たちは無関係です……！」

カトリーヌが早く打ち明けてくれればと思った。でも、彼女を恨みたくはない。わたしは陛下にお願いをした。

「カトリーヌ・カネ様につきましては、寛大な処置をお願いいたしたく存じます」

陛下がゆっくりとうなずく。カトリーヌは保安隊の女性に支えられて、退室した。

枢機卿が顎を指でなでる。

「おふたりの発言を聞いていると、リリアン王子妃殿下に虚偽の疑いがありそうですな」

「っ……あの女の発言だけでは、わたくしが仕組んだこととは言えませんわ。あの女が嘘をついているかもしれないじゃない」

よくもまあ、次から次へとしゃべるものだ。わたしは爆弾が見つかったことを証言した。控えていた閣下が押収した本を持ってくる。

閣下の登場に、場が静まり返った。出てくるだけで、空気が変わる。ブリュノ殿下は怯えて縮こまっていて、そんな夫の様子を見てリリアンは首をひねっていた。

ふたりは別々の部屋で軟禁されていたから、リリアンはわけが分からないのだろう。

閣下は物腰の柔らかな態度で、わたしに本を渡す。無言だったが、閣下がいるだけで冷静でいられる。お守りみたいだ。閣下はわたしに証拠を渡すと、後方に控えた。

わたしは証拠の品を陛下に見せた。

「こちらはクローデル男爵の研究所の倉庫にあったものです。見た目は本ですが、中はくり抜かれ、涙型のガラスが六つ入っています。このガラスは不思議な性質を持っており、細くなった方を折ると全体がくだけ散ります」

わたしは本を開き、細いガラス細工を見せた。

「この爆弾は本に偽装していることから、ルベル帝国で指名手配中のブックマンが作成したものです。ブックマンの兄、クローデル男爵は、帝国からの亡命者だと自供しました。また、倉庫にあったことから爆弾を持ち出せる人間は限られています」

わたしはすっとリリアンを見る。

「王子妃殿下、あなたもそのひとりですね」

リリアンの目が充血していく。苛立ちながらヒールを履いた足で地団駄を踏んでいた。

カツンカツンカツン……。

しかし、わたしの問いかけに対して反論はしてこない。事実を認めた、というわけでもなさそうだ。リリアンの瞳は憎悪で濡れているから。

「カトリーヌ・カネ様の証言を合わせると、王子妃殿下が故意に爆弾を持ち出し、自分の部屋に置き、侍女に開けさせた可能性が高いです」

カンッ！　と高い音が響いた。

わたしは無視して、陛下に説明を続ける。

「また爆破テロの時期を狙っていた可能性があります。王太子殿下は不在、陛下もご病気に臥せっている時に」

「ふむ……なるほど……リリアン王子妃殿下がそのようなことをした理由はなんでしょうか」

枢機卿の問いかけに、わたしの心はスンと冷えた。

「それは、セリア様が邪魔だったのでしょう。王子妃殿下は、今の地位を狙って、犯行に及んだのだと推測されます」

シンと、部屋が静まり返った。まさか、わたし自らが言うとは思わなかったのだろう。

王太子殿下は顔をしかめ、マーガレット様は悲しげに目を閉じる。マーガレット様の細い体は震えていた。顔色も悪い。お体に差し障りがなければよいのだが。

「犯行当日、ブリュノ殿下はいました。それはブリュノ殿下が王子妃殿下の味方になると思ってのことでしょう」

「……それはなぜですかな」

「ブリュノ殿下は、セリア様を嫌っていました。そして王子妃殿下と懇意にされていました。皆さまもご存じだったはずです。おふたりはよく、王宮の中庭にいましたから」

一同を見渡すと、場が凍りついた。絶句しているみたいだ。

王太子殿下も、マーガレット様も枢機卿も直接、わたしに何かしたわけではないが、知っていて見過ごしていたというのはある。それが現実だった。

「セリア様との婚約時代から、ブリュノ殿下と王子妃殿下は親密な関係でした。しかし婚約破棄に至ったのは、別に理由があるかと」

「その理由とは」

「こちらをご覧ください」

後方を向くと、閣下が二つの容器を持ってきてくれる。二つともまったく同じ見た目だ。

「ひとつはクローデル男爵の研究所から出てきたものです。中には軟膏が入っています。そして、もう一つはブリュノ殿下の部屋から見つかったものです。中身は入っていませんが、かすかに軟膏が入っていた形跡があります」

「そ、それはっ」

ブリュノ殿下が動揺して声を出し、リリアンの形相が変わる。

「クローデル男爵の供述によると、こちらは、ドクムギ・ヒヨス・ドクニンジン・赤と黒のケシ・レタス・スベリヒユなどを合わせて練り込んだものです。魔女の軟膏と呼ばれ、幻覚を引き起こす麻薬です」

「幻覚……？　それは手荒れに効くと、リリアンがくれたものだ」

「そうですか。王子妃殿下からの贈り物でしたのね」

ブリュノ殿下の言葉に、微笑を浮かべる。わたしは、リリアンからとは言っていない。

自ら暴露してしまったことに気づいて、ブリュノ殿下は、はっとした顔になっていた。

「学者の話では、毒性の強い植物なので、育成は王宮の研究所でしか行っていないとのことです。使うと、空を飛んでいるような気分にさせてくれるそうです。ただ、反動も強く精神が安定しません。中毒性も強く、使わずにはいられなくなるとか」

わたしは動揺するブリュノ殿下を見て、心でつぶやいた。

――さようなら、好かれたかった人。あなたのことは、過去にします。

「ブリュノ殿下は、犯行当日、精神に異常をきたしていた可能性があります。精神鑑定を受けた方がよろしいでしょう」

枢機卿が息を呑む。陛下と妃殿下は静かに目を閉じた。

王太子殿下や枢機卿が神妙な顔をする中、リリアンの顔がみるみるうちに、悪魔のような形相になっていく。

「お父様がわたくしを売ったの……？」

わたしは彼女に冷笑を返す。

「軟膏を使って、ブリュノ殿下を惑わしたとお認めになるのですね」

リリアンが悔しげに顔を歪めた。

「リリアン……貴様、私に怪しげな薬を盛っていたのか……？」

ブリュノ殿下が化け物でも見るような顔で、リリアンを見る。

「……そうだったとしたら、何かございますの？」

「何っ！　貴様は私に対して情熱的だったではないかっ」

「あなたに対して思いはあったわよ？　あなたが王族だったからね」

「私を騙したのか！」

「はっ、騙される方が悪いのよ」

「いい加減にしろ！　ふたりとも見苦しいぞ！」

王太子殿下が怒鳴りつける。

「情けない……っ」

悔しげな表情をして、王太子殿下は目を伏せた。

ふたりのやり取りを見て、帝都にいた詐欺師と一緒だと思った。

わたしは挙手をする。こめかみを指で揉んでいた枢機卿に許可をもらい、手を下げた。

「麻薬常用者と同じ症状が出ている今、殿下は自分のしたことの意味を分かっておられないでしょう。そのような人は真実を直視できません。妄想に取り憑かれて罪から逃げます」

ブリュノ殿下は元来、小心者で、自分がもっとも可愛い方だ。彼は自分が悪いとは思わない。

あの人のせいでこうなった、と思うことだろう。それでは意味がない。現実逃避は認めない。

「セリア様はブリュノ殿下が現実から逃げることを望んでいません。精神鑑定をご一考くださるようお願い申し上げます」

言い終わると、場がまた静まり返る。

静寂に包まれる中、わたしは閣下が指摘してくれた通り、セリアだった頃にされたブリュノ殿下のことを資料と共に提出した。それはブリュノ殿下が公務を怠り、わたしの意見を言うだけに留まっていたことを示していた。要は、ブリュノ殿下は公務をしていなかったのだ。

「以上のことから、国王陛下に申し上げます」

ぐっと腹に力を入れて、わたしは言い切った。

「セリア様は無実です。アラン様も無実です。マーガレット妃殿下のお茶会に爆弾を仕掛けたのは、招待状も持たずに突如現れた王子妃殿下です」

言葉に熱がこもった。

「ポンサール公爵一族は、国王陛下、並びに王族に対して、忠義を曲げるようなことは一切しておりません!」

感情的にならないようにしていたつもりだったのに、兄や父の顔がよぎってしまい、かっと腸が煮えくり返っていた。

審問の場が静まり返る。枢機卿が陛下を見上げて、問いかけた。

「陛下、アラン・フォン・ポンサールの容疑についてご審議ください」

枢機卿が礼をすると、玉座に座っていた陛下の唇がかすかに動いた。妃殿下が声を聞き取っている。妃殿下は細い体を伸ばし、静かに言った。

「アラン・フォン・ポンサール、及び、セリア・フォン・ポンサールは無罪判決とする。彼らには苦痛を感じた分の、慰謝料を。失くした分の名誉回復を。アンリ五世の名のもとに、両名に渡すことを約束する。今すぐ、アラン・フォン・ポンサールの拘束を解きなさい」

衛兵が近づき、兄の手錠が外される。ようやく、この時が来た。

兄がわたしを見上げた。

雨に濡れたように、向日葵色の瞳に涙の膜が張っている。

きっと、わたしも同じような目をしているはずだ。

「罪は、余と、ブリュノ、リリアン、クローデル男爵家にあり」

妃殿下は陛下の代弁を続けた。

「ブリュノのした行為は、傲慢で独善的だった。焼きごての使用を考えると、セリア嬢の味わった苦しみは相当、大きかったであろう。また、ブリュノの功績は全てセリア嬢あってのことである」

妃殿下は静かにブリュノ殿下を見つめた。

「よって、ブリュノは王位継承権を剥奪した後に断種を命じる。医師による診断を受け、治療に専念すること。精神が安定した後は服役せよ。刑務所の中で就労し、自身を見つめなおせ」

妃殿下の言葉に、ブリュノ殿下は瞠目した。瞳孔を広げ、引きつった笑みをしていた。

断種は王族にとってもっとも重い処遇だった。王族はその血を続けることが大事で、子どもは多い方がいい。それを求められないということは、王族として不要の烙印を押されることだった。

「……私はリリアンに薬を盛られていて、正気ではなかったのです……正しい判断ができなかっただけです……全て、リリアンのせいだ……私は、まだできることがある！　私は高潔な血を引く、王族で――」

その言葉を聞いて、妃殿下が段上の場所から素早く、下りてきた。

妃殿下の腕が上がった。折れそうなほど細い腕が振り抜かれ、ブリュノ殿下の頬をはたく。

乾いた音が響き、誰もが息を呑んだ。妃殿下が感情的に手を上げるなど、あってはならないこと。でも、妃殿下はそれを行った。

叩かれたブリュノ殿下は、呆然としている。

「はは、うえ……？」

「……いつまで人のせいにしているのですか……っ――全て自分が招いたことだと、まだ分からないの……」

妃殿下の肌は病的に白く、片方の目から涙を流していた。その姿は、王妃というより、母親だった。

「あなたが自分のしたことの意味が分かるまで、治療を受けなさい。異論は認めません」

ブリュノ殿下は呆然としながらも、衛兵に両肩を持たれる。

ヘーゼル色の瞳がすがるように、わたしを見た。

「セリア……」

情けなく困惑した顔をされた。その時、初めて手紙を受け取ってくれた困った笑顔が脳裏をよぎった。前のわたしなら、手を差し伸べたことだろう。でも今は、彼が去るのを見るだけだった。

もう傷つきたくも、恨みたくもない。

わたしの未来に、彼がいないことだけが望みだった。

「殿下、ご退室を」

枢機卿に言われ、ブリュノ殿下は近衛兵に両脇を抱えられ、部屋から出ていった。

ひとつ、終わった。

小さく息をはいていると、妃殿下がわたしと兄を見て、腰を落とした。最上の礼をされ、驚く。わたしは公爵令嬢ではなく、もう一般市民だ。妃殿下が礼をするような相手ではない。

「……ブリュノのことは、わたくしが責任を持ちます。真実を包み隠さず教えてくれたことに、感謝いたしますわ」

妃殿下はほほ笑み、また壇上に上がり、陛下の隣に立った。

枢機卿が場を仕切りなおすように、咳ばらいをする。

「では、陛下、残りの者の沙汰を――」

「あのっ……申し訳ありませんでしたっ……！」

不意に甲高い声が聞こえた。リリアンが震えながら、話しだす。彼女の目頭には涙が溜まっていた。

「すべて、わたくしが悪うございました……心から謝罪、申し上げます……」

そう言って、素早い動きで、わたしの方に近づく。

滑り込むようにわたしの足元までくると、膝を床につけた。両手を前に組んで、わたしを見上げる。彼女のストロベリーブロンドの瞳は悲壮感に濡れ、異様な空気が漂いだす。

「ご慈悲をどうか……」

「……懇願する相手を間違えていますよ」

静かに言うと、リリアンは「いいえ、いいえ」と言いながら、首を横に振る。痛みに耐え切れないかのように、胸に手を置き、頭を下げた。

「……相手は間違えておりませんわ……誰よりもあなたに、赦しを乞いたいのです……」

リリアンは涙声になり、体を震わせた。

「——だって、あなたは……セリアですから……」

顔を上げたリリアンの唇が、三日月のように吊り上がっていく。目は見開かれ、口元がひくりと動いた。

「あなたさえ戻ってこなければ、わたくしは幸せだったのよ……！」

かっと燃えるように叫び、リリアンが服の隙間に隠していた本をわたしに投げつけた。

本。つまり、爆弾だ。一瞬の隙をついての犯行だった。

膝をついたままだった兄は腰を持ち上げ、わたしをかばおうと手を出す。

枢機卿はひぃっと声を出し、顔を腕で覆った。

王太子殿下はマーガレット様をかばい、近衛は陛下に駆け寄っていく。

わたしの顔に向かって本が飛んできた。

「はっ、どうせ、わたくしは死刑でしょ！　なら、あんたの顔に一生残る傷を付けてやるわ！　あんたなんか、ぐちゃぐちゃになればいいのよッ！」

リリアンの前に白い疾風が駆け抜けた。紅い瞳と目が合う。

やってやりな、と言われているように閣下の口元は吊り上がっていた。わたしは迷いなく本へと手を振り上げる。

――パシン……！

本は手で払いのけた。床に叩きつけられ、本の表紙が開かれる。中はくり抜かれて、ガラス細工が割れずに飛び出した。

だが、何も起こらなかった。

「なんで……なんで、なんで、なんでっ！」

リリアンが地面に這いつくばるように本に向かい、手を伸ばす。その行動を防ごうと、閣下がリリアンの手を後ろに向け、拘束する。リリアンは抵抗しながらも絶叫した。

「なんで、爆発しないのよっ!!」

わたしはしれっと言ってやった。

「起爆剤は抜きましたので」

「……は？」

審問の前、リリアンが拘禁されている間、ありとあらゆる本を調べさせてもらっていた。

一冊だけ爆弾が仕込んであり、起爆剤は抜いて、元の場所に戻しておいたのだ。

リリアンが審問前に自白するのなら情状酌量の余地はあっただろう。だが、彼女は道を違えた。

閣下の残酷で美しい笑みを思い出して、ふっと口の端を上げる。

「自ら爆破テロ犯だと示しましたね」

リリアンは激昂する。

「セリアァァァ！　あんたが嫌い！　嫌いよ！　ふぐうっ！」

閣下がリリアンの口を義手で塞ぐ。閣下は容赦なくリリアンの体をねじ伏せ、ギリギリと締め上げだす。

わたしはリリアンの前にしゃがみ、ストロベリーブロンドの瞳をのぞき込む。

「セリア様も、あなたのことが嫌いですよ。だから、あなたからもう何も奪わせない」

リリアンの目が、かっと見開く。

わたしはスンと冷めた目でリリアンに教えてあげた。

「審問の場に爆弾を持ち込んだ瞬間から、あなたは自滅の道を選んでいたのです。あなたは、最後までお気づきになりませんでしたね」

そもそも審問の場では、武器の所持が認められない。身体検査はされるから、持ち込めた方がおかしいと思わなければいけなかったのだ。

リリアンは用意された舞台で、踊っていただけだ。台詞とラストを決めたのは、彼女自身。

「リリアン・クローデル、――誠に残念でしたね（ざまぁみろ）」

「っ――！　！！　～～～っ！」

リリアンの周りに近衛兵が集まってくる。

閣下の手を外された瞬間、猿ぐつわを付けられ、リリアンは引きずられるように部屋から退出させられた。

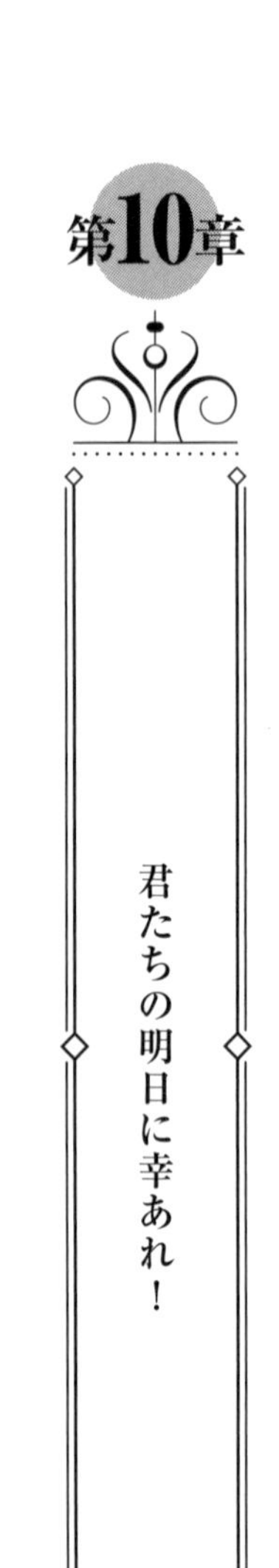

第10章 君たちの明日に幸あれ！

審問の場がざわつく中、枢機卿が話す。

「今の蛮行も踏まえ、リリアン王子妃殿下には重い処罰を受けさせるべきでしょう」

枢機卿が神妙な顔で陛下に言うが、陛下は目をつぶり沈黙している。

「陛下⁉」

宮廷医師が陛下に駆け寄る。

「心音が弱まっている。医務室に！」

宮廷医師の一言に、背筋に悪寒が走る。

妃殿下は苦しげに陛下を見つめ、三人は審問の部屋から出ていってしまった。

わたしと閣下は敬礼して、陛下を見送った。

「リリアン王子妃殿下の沙汰は後日とする。閉廷！」

そう言って、枢機卿も退室した。

王太子殿下は衛兵に何かを告げ、マーガレット様は護衛に連れられ、扉の方に歩きだす。部屋から出る間際、わたしたちに向かって深く腰を落とした。優雅な礼をされ、マーガレット様は退室した。

　衛兵たちも退室して、王太子殿下だけが残る。

　王太子殿下は、わたしたちのもとに歩きだす。敬礼すると王太子殿下は胸に手を置いた。

「デュラン保安監、ウォーカー三等保安士、この度は、誠にお世話になりました」

　礼をされ、わたしは薄く口を開いた。手を下げて、王太子殿下を見つめていると、彼は切なそうにわたしを見た。

「……弟の愚行を赦してくれとは言えない。僕たちはポンサールの至宝を失った。その意味を胸に刻むよ」

　懺悔するような声に、わたしはなんと答えてよいか分からなかった。

「ポンサールの至宝は帝国が守りますので、ご安心ください」

　閣下が不敵に笑いながら言う。王太子殿下は嫌な顔をせずに、目を細めて微笑する。

「……そうしてほしい」

　その後、王太子殿下は顔つきを変えた。

「人払いをした。君たちに言っておきたいことがある」

　王太子殿下が話したのは、陛下の容態についてだった。陛下はもうしゃべることもできないほど衰弱しているらしい。

「慣例上、沙汰を下すのは国王でなければいけない。だが、父上の言葉は、すべて母上のもの。

リリアンの沙汰は、僕が決める」

衝撃的な告白だった。わたしが聞いてよい話ではない。

「恩赦はかけないと約束する」

「そうですか……では、こいつらも処罰してください」

閣下が体を反転させ、控室から資料を持ってくる。閣下が持ってきたものは、今回の審問では使わなかった、けど重要な証言だ。

「最高顧問、モールドール伯が国王暗殺を企てていたという証言です」

淡々と言った言葉に、王太子殿下の目が開く。

「デュラン……それは」

兄が驚き、声を出すと、閣下がニヤリと笑う。

「偽薬師クローデルがぺらぺらしゃべってくれたよ。サイユ王の薬に毒薬をまぜていたってね」

わたしも補足する。

「クローデルが使っていたヒヨスは配合を間違えると毒性が強くなります。陛下のお体が悪くなったのは……薬が要因でしょう」

王太子殿下が肩を震わせながらも、わたしたちを見て言う。

「……父上の薬の配合に間違いはなかったと記憶しているが……」

「薬師が所属する宮廷アカデミーは、モールドール伯が私財を投資して支配していました。モールドール伯は先王からの重鎮。逆らうと消されると思った者が多かったようです」

「報告書も改ざんしていたと、クローデルが自白していますよ」

閣下の言葉に、王太子殿下は強く目をつぶった。聞くのは酷な話だろう。わたしもモールドール伯へ怒りを感じるのだから、王太子殿下の無念さは計り知れない。

モールドール伯の野望は、ポンサール公爵家を蹴落とすだけではなかった。モールドール伯は先王時代のように、裏で国を操りたかったのだ。そのために、自分を徴用しなかった陛下を疎んじ、元々、体が弱かったことに付け入り暗殺を計画した。

そして自分の意思が通じるブリュノ殿下側に付いたのだ。

「王太子殿下……あなたも、マーガレット様の身も、危うかったかもしれません」

わたしが切実に言うと、王太子殿下は目を開いた。苦痛に耐えるように眉をしかめる。

「彼らへ処罰を。ご一考ください」

わたしが敬礼をすると、王太子殿下は泣きそうな顔をした。

「……君は、非礼をした僕も救おうというのか」

わたしは少しカッコつけて言う。

「悪いのは犯罪者ですので」

そして、一度、目を伏せまぶたの裏に、これまでのことを描いた。

瞳を開き、真っ直ぐ王太子殿下を見据えた。

「シャルル殿下、もうあなたしかいないんです」

王太子殿下は口を引き結ぶ。

「不敬を承知で申し上げます。あなたが立ち直ってくださらないと、サイユ国民は、ポンサール領に住む人々は、国家が破綻していくのを見ているだけです」

どうか伝わってほしいと願いながら、わたしは続きを話した。

「サイユ王国には恩人がたくさん暮らしています。殿下が彼らを守ってください」

敬礼すると、王太子殿下はゆっくりと、しかし確かにうなずいてくれた。

「アラン、この資料は君に託すよ」

閣下は兄に声をかける。

「ブックマン確保の借りは、これでなしだね」

「……デュラン」

「さてと、シャルル殿下、今後について俺と話しましょうか。今ごろ、帝国では父上と母上が鼻息荒く、こちらに出航する準備をしているはずですから」

にっこりと笑った閣下に、わたしたちは絶句する。

え？　皇帝陛下と、皇后陛下が来るの？　サイユに？

——それは、聞いていない。

「では、行きましょう。ああ、リアはアランにセリア嬢のことを話しておいてね」

じゃあね、と手を振って、閣下は爽やかに部屋から出ていってしまう。死んだ魚の目になった王太子殿下と共に。

パタリと、静かな音を立てて、扉が閉められる。残ったのは、わたしと兄だけだ。

嵐が過ぎ去ったように、静寂が部屋を包む。

わたしは、そろそろと兄を見上げた。

兄はスンと表情が抜けた顔をしていた。そして不服そうに、顔を引きつらせている。

「……あいつ、言いたいことだけ言って去りやがって……」

乱暴な口調にギョッとする。こんなに苛立った兄の姿を見たのは初めてだ。

「ありがとうぐらい言わせろよ……」

ボソッとつぶやいて、兄の表情がゆるむ。やっと、わたしの視線に気づいてくれて、兄と目が合った。わたしと同じ向日葵色の瞳が、ゆっくりと細くなっていく。

「リア……」

呼ばれた瞬間、ぐぅとのどが鳴った。悪夢の合間に聞いていた声が、こんなにも近い。

「リア……なんだな……」

わたしは、はいと、答えようとして言えなかった。

だって、夢を見ているみたいだ。

声も、笑顔も、思い出さえ悲しみで染まり切っていて、兄を思い出すだけで辛かった。

でも、また会えた。もう無理だと諦めかけた願いが、現実に起きている。それが嬉しくて、視界が涙でにじんでいった。

「にい、さま……」

わたしはおそるおそる手を兄に伸ばす。今だけは、セリアに戻ってもいいだろうか。

まだ現実とは思えなくて、麻布の服の袖を指でつまむ。兄に触れた。夢ではない。

ちゃんと、兄はここにいる。いるんだ。

そう感じたら、堪えきれない涙が、ぼたぼたと、瞳から落ちた。

「……にいさまぁ……」

蚊の鳴くような小さな声を出した瞬間、兄に強く抱きしめられた。

「リア……っ」

わたしは兄にしがみついた。

「リア……本当に、強くなったな……審問は見事だったよ……」

「にいさま、がっ……証拠を集めてくれたからっ……だから、わたしはっ……ここに来られたんです……ダミアンが帝国に来てくれてっ」

「……そうか。ダミアンが……」

「は、いっ……にいさま、にいさまっ……ご無事で……何より……です」

「にいさまは、強いから……大丈夫だよ」

スンと鼻を鳴らしながら、兄が抱擁をゆるめる。震える手で、わたしの頬を両手で挟む。

「リア、顔を見せてくれ」

顔を上げると、兄の泣き顔が見えた。泣いているのに、嬉しそうに口元はほころんでいる。

「ああ、……元気そうだ……よかった」

わたしはボロボロに泣きながら、口角を上げた。

「はい……元気に暮らしています……」

にいさまの顔がくしゃりと歪む。それを見ながら、わたしもしゃくり声が出た。

兄がまた、抱きしめてくれる。互いに支え合いながら、崩れるようにわたしたちは腰を床に落とした。

覆いかぶさるように抱きしめられ、わたしもにいさまの服に皺ができるほど握りしめる。

わたしたちは、しばらくの間、無言で抱き合っていた。

たくさん話したいことがあったはずなのに、兄がここにいるだけでもう充分だった。

辛かったことも、苦しかったことも、涙と共に体から流れ落ちていく。

わたしの心には、喜びだけが残っていた。

リリアンの刑が決まった。
死刑ではなく、終身刑だった。
リリアンの暗躍で死亡者がいなかったが、それは結果論でしかない。わたしを含めて、命を落とす人がいてもおかしくはない状況だった。

リリアンの殺意が認められ、収容された監獄はセタンジルになった。

就労をさせ囚人を矯正させることを目的にした場所ではなく、この国で唯一、拷問が許されている刑務所だ。高い塀が囲う刑務所で、塀の外には奈落の底のような深い堀がある。

政治犯が収容され、脱獄不可と言われている場所。

囚人は鉄の重りを手足にかけられ、一日一食のみ。雑穀がまじった一杯のスープしか与えられない。死に、じわりじわりと向かう煉獄(れんごく)が、セタンジル刑務所だった。

「リリアンは奈落の底に落とされたんだね」

処罰を聞いて神妙な顔をしていると、閣下が話しかけてくれた。

「……そうですね」

つぶやくように言うと、閣下が穏やかな笑顔で言う。

「リア、犯罪者の末路について考えることはないよ」

「え……？」

「俺たちは保安隊。逮捕するまでが仕事だ。その先は違う役割の人間に任せればいい」

閣下の言葉に、わたしは無意識にリリアンの刑罰が適正なのか考えていることに気づいた。

「……そうですね。もう、考えないことにします」

「そうだよ。事件は終わったんだ」

「はい。まだやることはありますけどね」

「確かにね。クローデルはサイユ国内で焼きごてをあてられた後、国外追放だ」

陛下の殺人未遂の補助をしたクローデルは、サイユ王国を出た後、保安隊が確保することになった。

ブックマンの逃亡を補助し、捜査をかく乱させた罪に問われることとなる。


三年前、帝国でブックマンを逃したのは、彼の弟であるクローデルが保安隊に密告したからだ。親族からの情報ということで、閣下は確かめるために現場に行った。そして、建物が爆破された。混乱に乗じて、クローデルたちは帝国を脱出したのだった。

ブックマンはサイユ王国では爆弾製造の罪に問われ、同じく国外追放。精神に異常が見られることから、帝国で精神鑑定を受けた後に、刑務所に入る。彼はもう二度と、太陽の下に出ることはないだろう。

ブックマン確保の朗報を大使から受け、ルベル皇帝・皇后両陛下は、サイユ王国を電撃訪問した。妃殿下と会談し、対外的に、ブックマン確保を公表した。

「凶悪な爆弾魔の確保には、セリア・フォン・ポンサール、アラン・フォン・ポンサール、両名の尽力があってのこと。両名の勇気に敬意を表し、褒章を与えることとする」

帝国の発表後すぐに、アンリ陛下の名義で、リリアンとブリュノ殿下の事件の全貌が国内に公表された。

王国内でセリアの名前はすっかり悪女として呼ばれていたから、その発表はセンセーショナルだった。

アンリ陛下はシャルル王太子殿下に全権をゆだね、国政から引退したことになった。

ブリュノ殿下は王宮で断種の手術を受け、古くからある精神病院に入る。

妃殿下は陛下とブリュノ殿下、数名のお供と共に、ひっそりと王宮を去った。

王太子殿下はルベル皇帝陛下と対談し、これからも両国間は友好的な関係であると、アピールした。

優しい顔立ちの王太子殿下と、二メートル級のヒグマのような皇帝陛下。ふたりが並んだ姿は、あまりにも対照的すぎて、ちょっと笑ってしまう。

二日間の日程を終えた皇后陛下は帰国の際に、なんと、カトリーヌ・カネと彼女の弟たちを帝国に連れていくと言ったそうだ。

カトリーヌはわけが分からないようで、困惑して震えていた。うん。気持ちは分かる。

「主が黒といえば、白でも黒と言う子は嫌いじゃないわ。未来の納税者も連れて帰るわよ」

皇后陛下は情の深い方だ。カトリーヌにいい就職先を見つけることだろう。

王太子殿下は国王となると、国内の立て直しを始めた。モールドール伯は極刑となり、獄中で遺骸になり果てた。

貴族議会は解散となり、新国王から議員辞職を命じられる者が複数名いた。更迭されたのは、法務大臣、近衛隊長など、上層部も多くいる。彼らはモールドール一派であった。

その代わり、父を宮廷に呼び戻し、財務大臣に推挙した。兄は近衛隊長となり、議員の言いなりだった近衛の体制を変える責務を負う。

保安隊みたいな組織をサイユ王国にも作りたいと、新国王から願われたそうだ。

ダミアンは兄のもとに戻り、ふたりは再会を喜んだ。

「本当に……ご無事で、何よりでございました」

「……ダミアン、帝国まで行ってくれて、ありがとう……」

「お役に立てるのが喜びです。それに、坊ちゃんとお嬢様の幸せを見届けるまでは死ねませんよ」

ダミアンは目を潤ませながら、そう言ってくれた。


わたしは兄から自分の慰謝料について教えてもらった。

財源は、上皇陛下がブリュノ殿下へ結婚祝いに渡したホープ・ダイヤモンドだそうだ。

ダイヤモンドは換金され、慰謝料の前金として支払われることとなる。

「腰が抜けそうな金額ですね……」

びっくりして言うと、兄は両肩をすくめた。

「これでも足りないくらいだ──と、父上が言っていたよ」

「え……？　お父様が？」

「ああ、父上が財源の交渉をしてくれたんだよ。ずっとリアを心配していた……」

一度も顔を見ていない父がそんなことを。

「合わせる顔がないって言ってるけど、今だけだ。また、会える」

太陽のように笑う兄を見ていたら、それは夢ではないと思えた。

「うん……お父様にも、会いたいわ」

また、いつか、きっと。

あの時と同じ言葉が胸に込み上げたが、今度は現実になりそうだ。

わたしは手渡された金額に、もう一度、目を通した。素早く頭の中で、サイユ王国と帝国の通貨レートを計算する。

——これは！　いける！

「この金額なら、最新式の蒸気船が買えて、なおかつ借金が返せます！」

ぐっと拳を握って喜んでいると、兄が眉根を寄せる。

「リア、借金とは？」

「あ、烙印を消すために、そのっ、人工皮膚移植をしたのです……」

冷ややかな視線を感じて、わたしは小さい声で話をした。

「おかげで、傷は消えたんです」

「……そうか」

兄はほっとしたような声を出した。

そして、わたしの横にいた閣下を射抜くように見る。

「おい、デュラン。俺の天使が借金を抱えているとは、どういうことだ？」

「俺が肩代わりすると言ったんだけどね。断られたんだよ」

「リア、デュランに遠慮することはないぞ？」

「……そんなこと、できません」

兄と閣下を交互に見て、口をもごもご動かす。

「閣下に支払わせるわけにはいきません。自分で払えばいいと思って……あのっ……」

ふたりにじっと見つめられ、居心地が悪い。小さくなっていると、閣下が笑う。

「リアは真面目だからなあ。そこが可愛いんだけど」

とろけるような笑顔で言われて、顔が熱くなった。兄の前だと、すごく恥ずかしい。

ご機嫌な閣下を見て、兄はふっと、笑っていた。また、いつもの笑顔になる。

「リアの借金はすべて返済しよう。残った分は、帝国に送金すればいいのか」

「あ、にいさま。それでしたら、にいさまが管理してポンサール領に使ってください」

「ん？　リアが受け取るべき慰謝料だぞ？」

わたしは、キリリと表情を引きしめた。

「王国から帝国の通貨に替えると、金額が下がります。差分がもったいないです」

「ああ、なるほど」

「それに、わたしを帝国まで連れてきた人に一時金を使って蒸気船を贈りたいです」

「オリバー船長にか？」

「はい……とってもお世話になったのです。船長がいたから、帝国で生きていこうと思えました」


「……そうか。分かったよ」

兄がそう言ってくれ、願いがひとつ叶いそうだ。とっても嬉しい。

「にいさま、……ありがとう……わたし、育ててくれたポンサール領に恩返しがしたいわ」


わたしの願いは後に叶えられた。

船をなくした船長たちは、乗組員として働いていたそうだ。

兄を通じて蒸気船の贈り物をすると、船長の奥様は腰を抜かしたそうだ。

「あ、あ、あああっ、あんた！　ふ、船じゃないかいっ！」

「儂にだってよお！　ははは！　すげーな！　最新式の蒸気船だ！　――って、いってぇ！」

「……あんたを叩いても、手は痛くない。夢じゃないのかね……」

「おー、いだだ。ほらな。生きてさえいりゃ、いいことはあんだよ！　かーちゃん！　酒だ！　酒持ってこい！　仲間を集めて宴会だ！　がははは！」

青空の下、船の上で陽気な声が響き渡る。白い帆をはためかせて、大海原を船長たちが歌いながら航海する。

その光景を想像すると、わたしは笑顔になるのだった。

帝国への帰国を明日に控え、わたしはひとりで割り当てられた部屋にいた。もう寝ようと思っていたので、ウエストがゆったりしたワンピースを着ていた。月を仰いで、ぼうっとする。

「月は、帝国も王国も変わらないわね……」

そんな当たり前のことを思うなんて、不思議だった。

月から視線を外し、炎がゆらめく燭台を見ていた。

コンコン。

部屋がノックされ、わたしは扉に向かう。扉を開くと、月夜でも存在感がある白皙の美貌が見えた。異国の模様が描かれた羽織りものを肩にかけていて、リラックスした格好。夜の魔法がかかっていて、閣下の姿は色っぽかった。

「閣下……どうしたんですか？」

見惚れながら、甘えたな声を出す。

「ちょっと、リアの顔が見たくて」

そんな一言で、とくんと心音が鳴る。

「中にどうぞ」

わたしは閣下を部屋に招き入れた。

「寝る前だった？」

薄暗い部屋を見渡して、閣下が尋ねる。

「……あ、大丈夫です」

わたしたちは窓辺にあるふたり掛けのソファに並んで座る。そうすることが、当たり前で自然なことだった。

「そうだね。寂しい？」

「明日は帰国ですね」

「少しだけ」

首を傾けながら笑顔で言うと、閣下の目が丸くなる。

「あまり寂しくなさそうだね」

「思ったよりも、ここから離れることが辛くないんです」

わたしは背中にある月を見上げた。

「また、いつか、きっと。会えるので」

そう言って閣下を見て、はにかんだ。

「……吹っ切れたみたいだね。もう、悪夢は見ないかな？」

閣下の左手がわたしの頬に触れる。慣れた冷たさにうっとりして、頬をすり寄せた。心地よさに身をゆだね、目を閉じた。

「はい。過去にしました」

口に出すと、とても短い言葉だ。

だけど、閣下がいなかったら、過去にできたかは分からない。

目を開くと、幸せそうな笑顔が見えた。こんな顔をしてくれるのが、たまらなく嬉しい。

とくとくと心臓の音が大きくなるのを感じながら、わたしは口を開く。

「あの、閣下……」

「んー?」

猫のように目を細めて、閣下がわたしの耳たぶをいじりだしてしまった。

こそばゆくて、首の裏がぞくりとする。

「ん、……閣下、それ、ちょっと止めてください」

話したいことがあるのに。閣下は嬉しそうにうっそりと笑うと、敏感になった首の裏を冷たい義手でなぞった。

「ひゃっ」

へんな声が出てしまい、慌てて口を引き結ぶ。

「……リア、可愛い」

義手がわたしの後頭部に回され、引き寄せられる。紅い瞳は伏せられ、白銀の長いまつ毛が近づいてくる。形の良い唇は、わたしの唇を狙っていた。

――ちょっと、待って。

わたしは反射的に両手を×(バツ)の形にして、閣下の唇をふさいだ。

キスする寸前。ギリギリで閣下を止めると、すっと紅い目が開いた。眼力が強くて、思わず顎をそらす。

腰が引けたとたんに、後頭部に回された手は、ぐぐぐっと力を込められた。閣下はわたしとの距離を詰めようと仕掛けてきて、このままでは力で押し負ける。

「閣下、……話をっ！」

そう叫んでみたが、もう遅かった。

後頭部に回された手が引き、代わりにわたしの両手首を掴まれる。

がばりと、腕を御開帳され、わたしの防波堤はあえなく突破されてしまった。

「リア、このタイミングで、お預けはないよね？」

閣下の声はひんやり、ではなくブリザードが吹き荒れているみたいに冷たい。

わたしは閣下を上目遣いで見る。

「お返事が、まだなので……」

怖かったから、小声になった。

閣下はうっとりと愉悦感をにじませた顔になる。

「返事、くれるんだ」

「……待っていただきましたし」

「じゃあ、どうぞ？」

鼻と鼻が付きそうな距離まで顔を寄せられ、腰が引けた。でも、背後はソファのひじ掛けで、わたしに逃げ場などない。迫力のある美貌に恐れおののきながらも、わたしは声を振り絞って叫んだ。

「か、閣下っ！」

「はいはい」

軽い口調で返されたが、わたしはキリッと表情を引きしめる。

「この度は、誠にありがとうございました」

落ち着いた声を出すと、閣下の目が丸くなる。ぽかんと薄く口を開かれてしまい、わたしへの拘束もゆるまった。

その隙に、わたしは姿勢を正し、思いを口にする。

「閣下がいなければ、わたしは過去を過去にできませんでした。本当に、ありがとうございます」

両手首を掴まれたまま、頭を下げる。

ぱちぱちと瞬きをする閣下に、ふふっと笑った。

「閣下は、わたしの憧れです」

照れくさいが、素直な気持ちだ。

言えて満足していると、閣下は乾いた笑顔になっていた。

「……憧れ……」

「はい。義手がカッコいいですし！」

得意げに胸を張って言うと、閣下はわたしから手を離し、がっくりとうなだれた。

あれ？　あまり、嬉しくなさそう。

「だから、わたしはこれからも保安隊として、閣下のそばにいたいです」

オロオロしながら頭を下げたままの閣下に言った。

閣下が顔を上げる。むすっとして不満そうだった。

「それだけじゃ物足りないんだけど」

「え？」

「俺は好きって言ったよね？」

射抜くように見られ、ドキリと心臓が跳ねる。

わたしは背中を丸めて、小さな声で返す。

「……わたしも、好きです……よ？」

そう言うと、閣下は嘆息する。好きだと返したのに不服そうだ。

「その好きは、――男として？　それとも上官として？」

尋ねられて、唇を尖らせた。

「上官としてだったら、キスはいたしません」

ふんと鼻息を出して言うと、閣下は目をぱちくりさせた後、薄く唇を開いた。あまり信じてもらえてなさそう。どうしたら、気持ちが伝わるのだろう。わたしは脳内を必死に回転させて、言葉を紡いだ。

「……閣下といると、閣下のことばかり考えてしまいます。それに、一緒にダンスを踊ったあの日、また踊りたいって思ったんです」

わたしは閣下を見上げる。伝われと、願いながら。

「それはもう、閣下を好きだということになりませんか？」

じっと閣下を見つめていると、まなじりが柔らかく下がっていく。

「そっか……」

吐息まじりの声でささやかれた。紅い瞳は潤んでいて、切なげだ。でも、口元は幸せそうに綻んでいる。きゅうと心臓が痛むのを感じていると、閣下はわたしの手を指ですくい上げる。

顔を近づけ、わたしの手の甲にキスを落とした。不意打ちの行動に、わたしは全身を硬直させる。

「ルベル帝国第六皇子デュランは、ミス・アメリアに結婚を申し込みます」

しっとりとした極上の声で言われた。

ぞくぞくとした甘い感覚が背中を走り、腰が砕けそうになる。

「帝国法に基づくと、いちおう、断れるけど、リアはどうしたい？」

どうする？　と尋ねられているのに、絶対、逃がさないと聞こえる。

いや、逃げたくないのは、きっとわたしの方だ。

それにしても、閣下と結婚するの？　え？　本当に？　この美しい人と？　わたしが？

――――本気で？

と、思ってしまうが、閣下の熱っぽい眼差しを見れば、嘘ではないことが分かる。

閣下は、嘘をつかない。その信頼感が、わたしの頭を沸騰させた。

「あ、あのっ……閣下……となら、喜んで」

言葉を噛みながら、小声で言う。

「閣下と一緒に幸せになりたいです……今後とも、末永くよろしくお願いいたします……」

あまりにも緊張しすぎて、仕事のやりとりみたいになってしまった。いいのか、これで！

自分のパニックぶりに慌てふためいていると、閣下はうっすらと頬を赤に染め、幸せそうに笑った。

「うん、一緒に幸せになろう」

閣下の義指がわたしの顎を押し上げ、上を向かされる。

閣下の顔が近づいてきて、頬に唇があたった。

ちゅっ、ちゅっと、軽く触れられ、くすぐったくてたまらない。それなのに、嫌じゃないのだから困ってしまう。閣下に触れられたところが熱を持って、体がびくびくと震える。

自分の体なのに、別の生き物になってしまったみたいだ。

キスの雨が顔中に降り注ぎ、やがて、唇と唇が合わさった。

存在を確かめるように、何度も何度も、違う角度から口づけられる。

ドキドキしすぎて苦しくなり、薄く口を開くと、閣下の熱い舌が滑り込んできた。

「んぅっ」

慣れない絡み合いに、鼻にかかった甘い声が出た。息継ぎもできずに、閣下がくれる熱に翻弄される。

「はっ」と、息を出して、うっすらと目を開けたら、閣下は苦しげに眉を寄せていた。余裕がなく、切羽詰まった顔だ。

「お預けしたんだから。もっとリアを頂戴」

ソファに押し倒され、また唇が塞がれる。

閣下の首にしがみつきながら、与えられる熱に震え、体が跳ねた。少し手加減してほしい。もう息が絶え絶えだ。

ぐずぐずになるまでキスをされ、意識が遠のく。ちゅっと、音を立てて唇が離れた時、わたしは空気を求めて、大きく胸を上下させた。

「閣下……もう少し……お手柔らかに……」

か細い声で懇願したのに、閣下は唾液を美味しそうにすすりながら口角を上げる。

「可愛いから、無理」

そう言った閣下は、この世のものとは思えないほど美しく笑っていた。

出港の日、兄とダミアンが港まで見送ってくれた。晴天の下、ふたりとも笑顔で声をかけて

くれる。

「リア、またな」

兄がわたしの頭をなでて、ほほ笑んでくれる。

「はい。お元気で」

「ああ、……また、すぐに会える。陛下から帝国の保安隊を学びに行ったらどうだって言われているんだよ」

「え？　……それって」

兄は太陽みたいに笑った。

「みんなで帝国に行く。きっと、すぐだ」

その言葉に、嬉しさが込み上げた。

また、いつかの約束がこんなにも嬉しい。

「待っています……」

そう言うと、わたしの横に立っていた閣下が、くすくす笑う。

「保安隊を学びにね。いいことだ。あ、そうそう」

閣下がわたしの腰を引き寄せ、兄に向かってニヤリと笑う。

「俺、アメリア嬢に結婚を申し込みました」

「――は？」

えっ、今、言うの？

びっくりして閣下を見ると、にこりとほほ笑まれる。

兄を見ると、表情が抜け落ちていた。

「その話は聞いていない」

「今、言った。だからアラン、君もそろそろ幸せになりなよ？」

閣下は満面の笑みを兄に向ける。

「例の彼女とお幸せに」

「なっ……」

兄が動揺して、わなわなと唇を震わせている。

「例の彼女……オネットのことですか？」

アイラさんに似た侍女のことだ。滞在中に会うことは叶わなかったが、元気だろうか。

尋ねると、兄は顔を赤くして口元を押さえていた。

すっとダミアンが前に出てくる。

「お嬢様、ご安心ください。坊っちゃんとオネットのことは、このダミアンがきっちりと見張りますので」

「ダミアンっ」

兄が慌てると、ダミアンは穏やかなほほ笑みになる。

「坊っちゃん、大丈夫です。坊っちゃんの恋心はバレバレです」

「……俺はバレバレなのか……？」

兄はうなるような声を出して、考え込んでしまった。

「オネットとなら大賛成です……また、彼女にも会いたいです」

そう言うと、兄はふぅと息をはいた後、ほほ笑んでくれる。

「オネットも一緒に帝国に連れていきたい。また、みんなで会おう」

そう言われ、わたしは満面の笑みになった。

「はい！」

汽笛を鳴らして、船が出港する。

港が見えなくなるまで、わたしは甲板の上で手を振っていた。

小さくなっていく王国を見る。

今度の別れは、清々しいものだった。

「次に会う時は、アランも幸せになっているかもね」

隣に立っていた閣下に言われて、わたしは口の両端を持ち上げる。

「オネットとにいさまだったら、ぴったりです」

そうなるといいなと願いながら、大海原を見つめた。

「ま、その前に、俺たちの婚約式が先かな。帰ったら、父上と母上に報告しに行こう」

「陛下と皇后陛下に……緊張しますね」

二メートル級のヒグマみたいな陛下を思い出して、背筋を伸ばす。

「大丈夫だよ。母上も、父上も賛成する」

「そうですか」

「よくやったわ！　デュラン！　って、叫ぶ母上が目に浮かぶよ」

凛とした皇后陛下からは、想像できないことだ。

おふたりに会うのは怖くもあり、楽しみでもある。

「陛下と皇后陛下とお会いするなら、着るものを考えなくてはいけませんね」

「思う存分、着飾ってよ。楽しみにしている」

そう言うと、閣下はわたしのひたいに軽いキスをした。

空気が甘くなり、恥ずかしいのにされるがままだ。閣下があまりにも幸せそうだったから。

ふふっと笑っていると、妙な視線を感じた。

前を向くと、ペーターさんが真顔で立っていた。

珍しく眉がぴくぴく動いている。

「閣下、アメリアさん。いつの間に、砂糖をはき出し合う関係になったんですか」

じっと見られていた。恥ずかしい！

わたしが全身を硬直させていると、閣下はペーターさんに向かって不敵に笑った。

「前から、こうだよ」

「や、違いますよね」

間髪入れずにペーターさんが真顔で言う。

「じゃあ、ペーターくんの知らぬ間にだね」

くすくすと楽しそうに閣下が笑うと、ペーターさんがやれやれと両肩をすくめる。

「閣下……よかったですね。乾杯しましょう」

そう言って、ペーターさんは船室に戻ってしまった。

「んまあああ！　あのふたり！　とうとう、やったのね！」

間髪入れずに、船室の中からバニラさんの野太い雄叫びが聞こえた。口笛を鳴らす音も聞こえ、グラスを持った保安隊のメンバーが甲板に集まってきた。

ニヤニヤと笑いながら出てくるメンバーに仰天する。

「はい、アメリアさん」

ペーターさんはそつのない動きで、わたしと閣下にグラスを渡す。

閣下は楽しげに笑い、こほんと咳払いをした。

「えー、俺とリアの馴れ初めは」

「あー、閣下。惚気は巻いてしゃべってくださいね」

ペーターさんは、あっさり話の腰を折った。

「婚約・結婚の祝杯といえば、決まり文句があるじゃないですか？　下町風にやると、君たちの明日に幸あれ！　ですよ」

ペーターさんがグラスを掲げる。

「君たちの明日に幸あれ！」

そう言って、閣下のグラスを鳴らす。閣下は楽しげに笑って言った。

「俺たちの明日に幸あれ！」

閣下がわたしのグラスを鳴らす。

わたしが見上げると、二つのグラスが差し出されていた。わたしは口角を持ち上げた。

「わたしたちの明日に幸あれ！」

三つのグラスを打ち合わせる。

カキン——と、いい音が晴天に響いた。

「おめでとうおおお！」

バニラさんが号泣しながら、お祝いしてくれる。

甲板の上はいつまでも賑やかだった。

エピローグ　帝都保安隊アメリアです

閣下のプロポーズを受け入れたそこからは大変な日々の始まりだった。

まず、皇帝、皇后両陛下にご挨拶しなければならない。

それには、服装を整えなければならないのだ。

帝国に来てから今まで、わたしは簡素なワンピースしか持っていなかった。借金もあったから、おしゃれをしようという考えすら、持ち合わせていない。物欲はゴミ箱に捨てていたのだ。

困ったわたしを助けてくれたのは、シャロン嬢の養母だった。

養母はドレス生地に使われる染色工場の投資をしていて、話を持ちかけたら喜んで、生地を扱う仕立て屋を紹介してくれた。

「アメリア様、ダファディルの花柄の生地はいかがですか？　春を告げる伝統的な黄色い花ですわ」

「すてきです……これからの季節にもよさそうですね……」

「ダファディルは宮殿の庭園にもありますし、お安くしておきますわ」

養母は商売上手だった。末皇子の婚約者とあってか、予算はあったのだが、養母は「おおいに宣伝になりますから！」と言って、リーズナブルに仕上げてくれた。ありがたい。

「シャロン嬢はその後、どうですか？」

「……前よりは真面目に生活しています。わたくしとも、目を合わせて、話してくれるようになったんですよ」

そういった養母の顔は、以前よりふっくらしていた。

前は見えなかったえくぼを見せ、ふふっと笑っていた。

ドレスができると、髪はトレビス卿に結い上げてもらった。

トレビス卿は黄金の前髪をふさぁと手で払い、シャキーンと櫛を取り出した。

「嗚呼！　この日が来るのをどれほど待ち望んでいたことかッ！　子猫ちゃん、僕にすべて任せてくれたまえ……神もひれ伏す華麗なレディに仕上げてみせるよ」

トレビス卿は恍惚の笑みを浮かべて、見事なまでに髪を飾ってくれた。

これが自分……？

と、鏡をのぞき込んで、疑うほどの出来栄えだった。

そばで見守っていた閣下が、うっとりとした目で見つめてくる。

「きれいだね……深紅の制服もいいけど、リアはドレス姿も似合うね」

そう言って、閣下は左手を差し出す。わたしは右手を乗せて、ぽそりと言った。

「閣下も……今の姿はカッコいいです……でも、深紅の制服はもっとカッコいいです……」

閣下の足がぴたっと止まる。肩を震わせて、口元を手で覆いながら、ニヤリと笑う。

「ほんと。無自覚に、可愛いこと言うよね」

繋いだ手をぎゅっと握られる。

「父上と母上のところに行こうか」

「はい」

わたしは笑顔で答え、皇帝皇后両陛下の待つ部屋に行った。


皇帝皇后両陛下とのご挨拶は、つつがなく終わった……と、思う。形式的な顔合わせだと思っていたら、皇帝皇后両陛下は、わたしの想像以上に、閣下との結婚報告を喜んでくれたのだ。

「デュラン、よくやったわ！　計画通りね！」と、皇后陛下は興奮なさっていたし「パパと呼んでくれ」と、皇帝陛下はそわそわしていた。

二メートル級のヒグマのような陛下とは初めてお話をしたが、想像以上に話しやすい方だった。

緊張したが、和やかな空気で食事させてもらった。


しかし、まだミッションは残っている。

二十二人もいる皇族の方々へのご挨拶である。親戚を含めると、日程調整が大変である。

また、結婚の報告には、ショートブレッドを作って挨拶に行くのが、皇族の習わしだった。

ショートブレッドは、バターの香りがしてサクサクとした食感が楽しいお菓子だ。

「わたし、お菓子を作ったことがありません……」

「俺もないよ」

「では、練習あるのみですね」

閣下と共に料理長に教えを乞う。

良質な小麦粉が必要になり、わたしたちが頼ったのは、マーカス領だった。

マーカス領は、マーシャル卿が経営を引き受けている。ドロシー嬢は学園を卒業後、マーカス領にいるそうだ。

すてきな出会いもあったそうで、彼女は祝いの言葉と、小麦粉と共に、虹色の花束をわたしに送ってくれた。

どうにか食べられるショートブレッドを作って、挨拶のメッセージカードをしたためる。

カードの紙は、わたしのわがままで、ポンサール領の厚手の紙を取り寄せてもらった。

厚手の紙が届いた時、父からのメッセージカードが添えられていた。


――守れなくて、すまなかった。

あなたの思う通りに、これからの人生を歩んでください。幸せになってください。

また、いつか、きっと。

父に会える日が来ることを想像しながら、コットン百パーセントの紙を手に取る。

相変わらず手触りがよくて、涙ぐんでしまった。

紙には、アイリスではなく、春を告げる黄色い花、ダファディルの花弁を散らしてもらった。

紙の上にペンを走らせる。

この紙で、閣下と会いに行きますと書けるのが嬉しい。

嬉しすぎて、書き損じてはいけないのに、文字が震える。

それは、とても幸せなことだった。

ご挨拶をすませ、閣下と共に大聖堂で、婚約誓約書を提出した。晴れてわたしたちは婚約者同士になったのだが、結婚式は一年後だ。しかも、準備も大変そうだ。

「末皇子の結婚だから、母上が盛大にやれって鼻息が荒くてさ」

「……パレードまでやるんですか……なんか、すごいですね」

「俺は早く結婚したいんだけどね」

閣下は不満そうだったが、わたしは笑顔で言った。

「……ゆっくり、夫婦になるの、いいと思います」

閣下の婚約者がわたしだなんて、まだ夢心地なのだ。

「焦っても仕方ないか。……恋人でしかできないことを、たくさんしよう？」

砂糖を焦がしたような声で言われ、腰が抜けそうだ。

「保安隊の業務をしながらなら」

そう言うと、閣下の宝石のような眼がスンと冷える。ああ、この顔は、拗ねている。

「……閣下のそばで仕事がしたいんです」

上目遣いでお願いすると、冷えた目が徐々に甘く溶け出す。

ふぅと息をはかれ、閣下は優しくほほ笑んだ。

「リアは保安隊に向いているしね」

「……そうですか？」

「うん。昇進、おめでとう」

「え……？」

「今日から、二等保安士だよ」

閣下から昇進バッチを渡される。階級がひとつ上がり、三から二になっている。

「おめでとう、アメリア二等保安士」

敬礼をしながら言われて、ぶわっと全身の鳥肌が立った。嬉しくて、飛び跳ねたい。

「ありがとうございます、閣下」

わたしは敬礼して、バッジを受け取る。

「これからも頑張ります！」

閣下はくすくす笑いながら、手を下げた。

「これからの君に期待しているよ」

というわけで、わたしは今日も保安隊として過ごしている。

資料を手に持ち、閣下のデスクに向かった。

「閣下。先日、逮捕したイヴリン嬢の収容先から、エクソシストの派遣要請がありました」

「悪魔が取り憑いちゃっていたの？」

「悪魔かは断定しかねますが、医師の診断では、ある日、突然、人格が変わったような発言が見られるとのこと。自分には前世の記憶があると喚いているそうです」

「ご病気なのかな？」

「ご病気なのでしょう。自分は乙女ゲームのヒロインだと、理解に苦しむことを言っています」

「ミス・イヴリンって、あれだよね？　令息三人を自作した媚薬で惑わしたって子だよね？」

「はい。令息三人には、婚約者がいましたので、そのうち二組からイヴリン嬢へ慰謝料の請求が来ております」

「憑依したものを祓うなら、エクソシストが適任かな。いいよ。サインしておく」

わたしは申請書を出し、閣下はさらさらとサインを書いていく。

「ところで、アメリア二等保安士」

「なんでしょうか、デュラン保安監」

「いつ、俺の部屋の隣に引っ越してくるの？」

不意に私生活のことを言われて、膝がカックンと崩れた。閣下はわたしを見上げ、唇を尖らせている。甘える顔はずるい。なんでも許したくなる。

「こ、今週末までには、なんとか……」

「仕事が早いアメリア二等保安士にしては、あいまいな返事だね」

閣下はにっこりとほほ笑んだ。これは怒っている方の笑顔だ。

「婚約者になったから、堂々と部屋を使っていいんだよ」

的確に追い詰められ、返事に窮する。

だって、婚約者の部屋は閣下の執務室へ繋がる扉があって、出入り自由な状態だったのだ。

今さらながら緊張してしまい、少しだけ先延ばししていた。

――でも、そろそろ、いいのかも。わたしは深く息をはいて、きっぱりと言った。

「容疑者を逮捕したら、引っ越します！」

そう言って、閣下へ封印状を手渡す。閣下はくすくす笑いながら、受け取る。

「ジャック・オリントンか……初夜に『君を愛することはない』と言った結婚詐欺野郎だね」

「はい。結婚式での誓いは嘘だったのかと、問い詰めたくなる詐欺野郎でございます」

「彼の経歴の裏が取れたんだね」

「調査の結果、彼の本名はジョージ・バーンズ。年齢は三十一歳。彼は過去、二度の離婚歴があり、どれも一年未満に相手の方から離縁の申し出を受けています」

「……離婚するように仕向けたってことか」

「そう見えます。ジョージ・バーンズ容疑者は離婚歴を伏せて、プロポーズをしています。妻の持参金が目当ての可能性が高いかと」

「詐欺行為をした相手は、結婚に焦って適齢期を越えた女性ばかりだね」

「はい。彼は滅んでいいと思います」

キリッと言ってみると、閣下は同意してくれた。閣下は封印状に保安監の印を押し、立ち上がる。閣下から封印状を返され、わたしは鞄の中にしまった。

「じゃあ、逮捕しに行こうか。その後は、引っ越し、手伝うよ」

「オレも行きますよ」

ペーターさんが、わたしたちに近づいてくる。

「容疑者はオレが引っ張っていくので、おふたりはラブラブしててください」

真顔でかつ、棒読みで言われてしまい、わたしは目を泳がせる。

閣下は肩を震わせて笑っていた。

「容疑者の拘留は、ペーターくんに頼んだよ。ふたりとも、行こうか」

閣下を先頭にわたしたちは、保安隊事務局を出た。

容疑者の家に行くと、不在だった。わたしたちは容疑者が帰宅するまで、家の近くで張り込みをした。

現場は四階建ての集合住宅だ。長屋形式の建物だが、宮殿のようなデザインで、ランクが上のものだった。

「いい家に住んだクズですね」

ペーターさんが家を見上げて、ぼそりと言う。

「見栄えのいい家を選んで相手を誘い込み、好意を持たせて、結婚までこぎつけ、結婚後はあっさり捨てているんだろうね。まさに詐欺野郎だ」

閣下が玄関を鋭くにらみながら、冷笑する。

その時、一台の馬車が玄関に横づけした。御者が馬車の扉を開き、男性が下りてくる。

栗色の長い髪をひとつに結び、優しげな面立ちの男性だ。彼が和やかに御者に話しかけると、馬車は前に進んでいった。馬小屋に戻るのだろう。

「容疑者が来ました」

「あー、女性をたぶらかしていそうな顔ですね」

「離婚協議中の男の顔とは思えない。今回も詐欺ができると余裕ぶっているね」

「……でも、彼はもうおしまいです」

容疑者が鉄の扉を開いたところで、わたしは歩きだす。閣下たちもだ。

慌てず、ゆっくりと。ほほ笑みを口元に浮かべながら。

「オリントン卿」

声をかけると、容疑者の目が見開かれた。わたしと、背後にいるふたりを交互に見て、言葉を失っている。

「帝都保安隊、アメリア二等保安士です。あなたに結婚詐欺の疑いが……」

言い終わる前に、容疑者は奥歯を噛みしめ、鉄の扉を閉めようとする。

——が、その前に、閣下が素早く前に出てきて、鉄の扉を手袋をはめた義手で掴んでしまう。

底冷えするような笑みを浮かべて。

「君、どこへ行く気?」

「ぐっ……!　うわあああっ!」

興奮したのか、投げやりになったのか。雄叫びを上げながら、容疑者は閣下に殴りかかろうとした。しかし、容疑者が振り上げた腕を閣下は余裕の笑みで掴み、後ろに回して、彼を地面に倒してしまう。

「ぐはっ!」

「あー、閣下に殴りかかるなんて、自殺行為ですよ。よかったですね。死ななくて」

ペーターさんは真顔で心ないことを言い、容疑者に手錠をはめてしまう。

「くそっ!　離せ!　はなっ……んんんんっ!」

「口も塞ぎますねー。オレのことは空気中に浮いている巨大なホコリと思って、気にしないで

ください ねー」

舌を嚙み切らないように、ペーターさんが革製の口封じを付け、容疑者は立たされる。

——お見事。

わたしは心でふたりを絶賛しながら、鞄の中に入っていた封印状を取り出す。

「本名、ジョージ・バーンズ。あなたは三度の詐欺罪に問われています。過去、二度の結婚も女性が用意する持参金目当ての詐欺行為と、皇帝陛下がお認めになりました」

青ざめる犯罪者に、わたしは極上の冷笑をおみまいした。

「あなたのしたことは、間違いなく結婚詐欺ですよ」

——END

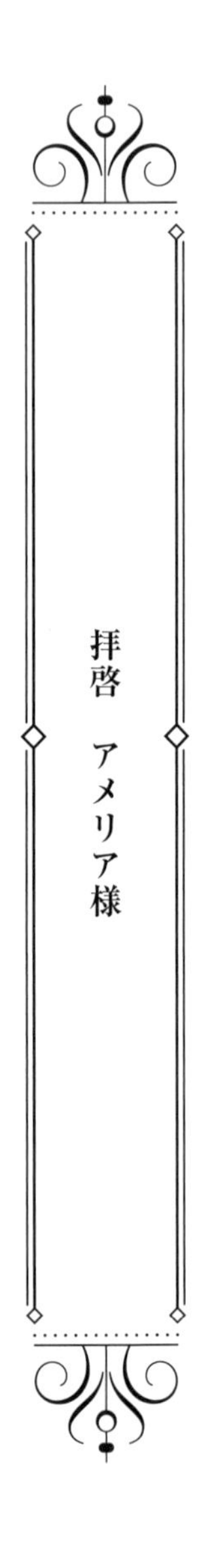

デュラン殿下とのご婚約、誠におめでとうございます。マーカス領の小麦粉を送ります。

領民の方々と一緒に作り、私、ドロシー・マーシャルも小麦の収穫を手伝いました。

最高の小麦粉ができたと思いますが、その道のりは、平坦ではありません。

アメリア様には知っていただきたいと思い筆を走らせています。

どうか、マーカス領の話を聞いてください。


デュラン殿下からマーカス領地の売買の話があり、父は領主になりました。

母は亡くなっておりますので、私は父の補佐役として、領地へ行きました。元々私は、学園で農業を学んでいましたので、父と領民の力になれると思ったのです。

領地に行き、父と共に最初にしたことは、代表の方々との話し合いです。マーカス領の現状は酷く、マーカス伯爵は重税を課していて、領民たちの生活は限界に達していました。

伯爵令息と婚約していたため、私たちを見る彼らの目は厳しかったです。

「あなたも伯爵様と同じく税を取るのでしょう？　……経営者の名前が変わっただけだ」

「増税は無理です。みんな、餓死してしまう……！」

悲痛な声で訴える彼らを見て、私は自分を恥じました。

マーカス領がひっ迫していたとは。私は知ろうともしなかったのですから。

重苦しい空気を変えるため、父が口を開きました。

「……私たちは正しくありたいと願っています。あなた方に提案があります」

父はマーカス領に商会を設立し、領民を雇いたいと言いました。マーカス領には管理ができていない、放置された土地があります。所有者不明の土地も含めて、大規模な農地整備をすると説明したのです。

また商会の解散は、帝国商法に基づき、社員の半数以上の同意がなければできません。父の一存だけで、給料を未払いにし、生活を脅かさないと、領民に約束しました。

「皆さまには商会の社員になってもらいます。年収はこれです」

「……こ、こんなに貰えるんですか……？」

「農地整備に必要な農具や牛、資材は私たちが用意します。そのうえで、あなた方には新農法をしてもらいます。説明は娘のドロシーから」

私は緊張しながらも、背筋を伸ばし説明しました。

「休耕田をなくす、新しい農法を試したいです」

同じ畑で同じ作物を育てると収穫が減少します。

そのため、何も植えずに一年間、畑を休ませるのが今までの農法です。

「カブ、大麦、クローバー、小麦を、四年周期、同じ畑で栽培します」

クローバーは荒れ地でも育ちやすく、土壌を豊かにし、家畜の餌になります。カブを食べた牛のミルクは甘くなりやすい。冬季はハムやベーコンにするしかなかった家畜が一年を通して飼育できます。

作物が育ちにくい地方で生まれた新農法は、皇后陛下に注目されていて、学園では選択授業として組み込まれていました。また、マーカス伯爵が脱税したお金は、マーカス伯爵の個人資産から補填され、領民を苦しめた分、彼らの生活を保障するものとして使うように、皇帝陛下からの勅令が出ています。

「新農法で生産量が増えると学びました。マーカス領でも、やりたいのです」

「農地整備には人手がいる。あなた方に手伝ってもらいたい」

どうか伝わってほしいと願いながら、父と私は領民代表の方々に頭を下げました。

代表の方々は沈黙してしまいました。「一度、みんなと話す」と言われ、話し合いは解散。

その後、私たちへの不安を払拭できず、領地を去った人もいました。でも、多くの方が商会の社員となりました。

「他に選択肢がないから……」と言われました。でも、錆びてボロボロだった農具を新しくし、一度目の給料を滞りなく支払うと、社員のやる気が出てきました。

「伯爵様とは違う……マーシャル社長は俺たちの生活を保障してくれる！」

新農業の専門家に指導を頼み、農地整備は進んでいきました。

土がふかふかになると、クローバーの種まきが始まりました。

私も種まきを手伝っていると、十代の女性たちに、笑いながらヒソヒソ話をされました。

「ドロシーお嬢様、泥だらけで作業してるー……必死すぎ」

「お嬢様って、婚約者に捨てられたんでしょ？　必死にもなるんじゃない」

「結婚できないから、仕事に生きるか……そんな生き方、私は嫌だなあ」

婚約破棄されて結婚できない女と言われるのは、初めてではありません。学園でも言われましたし。気にしてはダメと思ったのですが、彼女たちの言葉が心に刺さりました。

「うるせえな。無駄口叩いていないで、手を動かせよ！」

女性たちに、青年が怒鳴りました。赤錆色の短い髪に、三白眼(さんぱくがん)。大きな体の人です。

「な、何よっ……クリフ。お嬢様が美人だからかばってるんでしょっ」

「はあ？　意味、分っかんねえ。おまえらがしているのは、タチの悪いいじめだ。胸糞悪りぃんだよ。俺らと一緒に作業をしてくれているお嬢様を悪く言うんじゃねえ！」

クリフと呼ばれた青年の言葉で、女性たちは黙ってしまいました。他の人に厳しく注意され、彼女たちはうつむきながら、作業に戻っていきました。

「……クリフ……さん？　ありがとうございます」

彼に声をかけると、ふいっとそっぽを向かれます。

「……俺は別に……お嬢様、一生懸命やってくれてるし……」

私がほほ笑むと、彼は頬を赤くしていました。

私の一歳年上のクリフさんは造園家の息子です。クローバーの育成に詳しく、彼から知識を学びました。

「本が読みたいんだ。代わりに文字を教えてほしいと言われました。

「私がクリフさんに教えます」

「ありがてえ！　……あ、や、ありがとうございます？　……あと、クリフでいいから！」

私とクリフは、お互いに足りないところを教え合う仲になりました。

時が経ち、クローバーの緑で畑が覆われました。牛や羊が草を食べ、のんびりとした空気が流れています。土おこしをみなさんが何度もしてくれたので、カブの育ちもいいです。

農地整備が一歩進んだ頃、「見せたい景色がある」と、クリフに誘われました。

彼と一緒に、小高い丘に登りました。そして、見えた景色に、心を奪われました。

赤、オレンジ、黄色、紫。虹みたいなグラデーションの花畑が丘を覆っていました。

「じっちゃんが作った花畑なんだ。俺、この景色が好きでさ、ずっと見ていたいんだ」

晴天の下、クリフがまぶしい笑顔で話してくれます。

「お嬢様に文字を教わったから、もっと勉強して、虹の花畑を守るよ」

庭に作った花壇よりもずっと広大で、本当に虹の中を歩いているみたいでした。私はこの景色を目に焼きつけたかった。やっと見られた嬉しさで、瞳から涙がこぼれました。

「なんで、泣いているんだっ……！」

慌てるクリフにほほ笑みかけました。

「……嬉しくて……」

「えっ……」

「連れてきてくれてありがとう、クリフ……私も虹の花畑が好きよ」

クリフが私の手をそっと握ります。繋がれた手のあたたかさに、また泣けてきました。

次の日、クリフから初めて手紙を貰いました。封筒の中には、四葉のクローバーが。

――ナクヨリ、ワラッテテ、ホシイデス――

ぎこちない文字も、彼からの言葉も、幸運のお守りも、私の宝物です。


小麦の収穫が終わり、今は冬支度に追われています。

アメリア様。もう二度と立ち上がれないと思っても。

辛いことを過去にできたら、すてきな日々はまた、巡ってくるのですね。

あなたからの言葉、忘れません。どうかお幸せに。虹色の花束をお送りします。

ドロシー・マーシャル　敬具

あとがき

　はじめましての方は、はじめまして。作者のりすこです。

『あなたのしたことは結婚詐欺ですよ』は小説投稿サイト「小説家になろう」様で公開し、読者の皆さまが応援してくれて、出版社様にお声がけいただいた話です。初書籍作品になります。

　この場を借りて、皆さまにお礼を言わせてください。


　まずは編集者様方へ。右も左も、ななめも分からず、質問していた私を導いてくれました。一冊の本にできたのは、編集者様の導きがあったからです。ありがとうございます。


　素晴らしいイラストを描いてくださったaoki先生へ。

　ラフの段階ですべての語彙力が溶け切って「素敵です！」しか言えませんでしたが、改めてお礼を申し上げます。

　私の想像をはるかに超えるイラストです。表情、しぐさ、制服から、義手、眼鏡まで。まるでキャラが生きているように表現してくださいました。ありがとうございます。


　書籍化の話をした時、猛烈に疑い、最終的に「金のためにやりたいわけじゃねえんだろ？」と言い、折れてくれた相方へ。加筆している時も、書いているものに自信がなく、グチグチしていた私に「書籍化は夢だったんだろ？　書きなさい」と、真顔でド正論をかましてくれましたね。ツンデレのツンが強すぎて魔王に見える時がありますが、感謝しています。

そして、「小説家になろう」様から、応援してくださっている皆さまへ。

ＷＥＢで書き続けて、多くの人と出会いました。あの時、あの瞬間。あなたが言葉をかけてくれたから、私は書き続けられました。お名前が頭に浮かんでしまい、今、泣きながら、キーボードを叩いています。ありがとう。何度だって言わせてください。ありがとうございます！

最後に、この本を手に取ってくださったあなたへ。

物語は誰かに読まれてエンドマークが付くと思っています。今、あとがきを読んで、物語にエンドマークを付けてくださったあなたに、最大の感謝を。

皆さま、ありがとうございます。おかげさまで、私は夢をひとつ、叶えました。

さてさて。笑顔で締めたいので、私は天に向かってグラスを掲げます！

またどこかでお会いできることを祈って！　せーのっ！　かんぱーい！　チン♪

令和六年　七月　りすこ

2024年 11月新刊

これはミネレーリリを取り巻く「本当の愛」を捜す物語――。

父親から疎まれ、家庭内で孤立する伯爵令嬢のミネレーリリ。

そんななか腹違いの妹の想い人は、ミネレーリリに惹かれていく。

しかし彼女は、恋に狂い、命を絶った母のことが忘れられない。

一緒に居てほしい。ただそう言いたかった。

著者:秋月篠乃　イラスト:小鳥遊ウタ

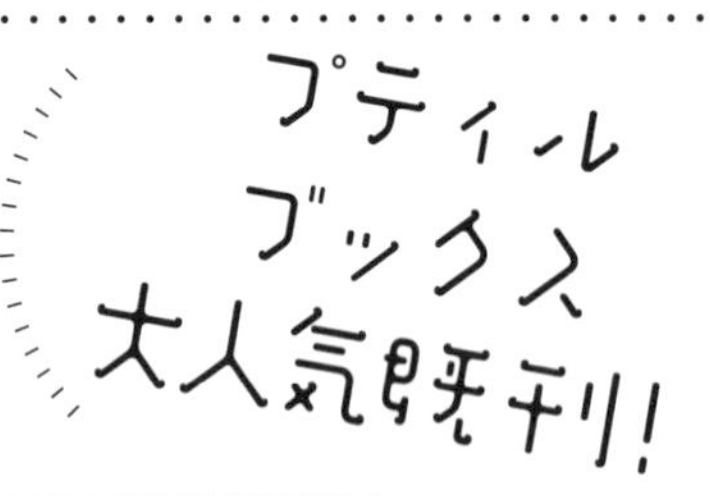

純潔の男装令嬢騎士は偉才の主君に奪われる 1・2

著者:砂川雨路　イラスト:黒沢明世

王宮には『アレ』が居る 1〜3

著者:六人部彰彦
イラスト:三槻ぱぶろ

試し読みはこちら

棄てられた元聖女が幸せになるまで
~呪われた元天才魔術師様との同居生活は甘甘すぎて身が持ちません!!~ 1・2 完

著者:櫻田りん　イラスト:ジン.

試し読みはこちら

旦那様は他人より他人です
~結婚して八年間放置されていた妻ですが、この度旦那様と恋、始めました~ 1

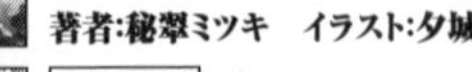
著者:秘翠ミツキ　イラスト:夕城

試し読みはこちら

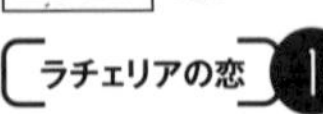
ラチェリアの恋 1〜3 完

著者:三毛猫寅次
イラスト:アオイ冬子

プティルブックス

あなたのしたことは結婚詐欺ですよ

2024年10月28日　第１刷発行

著　者　りすこ　©Risuko 2024
編集協力　プロダクションベイジュ
発行人　鈴木幸辰
発行所　株式会社ハーパーコリンズ・ジャパン
東京都千代田区大手町 1-5-1
04-2951-2000（注文）
0570-008091　（読者サービス係）
印刷・製本　中央精版印刷株式会社

Printed in Japan K.K.HarperCollins Japan 2024
ISBN978-4-596-71443-5

※この作品はフィクションであり、実在の人物・団体・事件等とは関係ありません。

※本作はWeb上で発表された小説『あなたのしたことは結婚詐欺ですよ』に、加筆・修正を加えたものです。